小学館文庫

王妃になった魔女様は孤独な悪魔に束縛される

宮野美嘉

小学館

The Witch who became queen is bound by a lonely devil.

Contents

昔々のある冬のこと――

「この近くに人の住まない場所はあるか？」

とある片田舎で出くわしたその魔女は、男にそう聞いてきた。

男は醜く、誰からも嫌われていたので、人からまともに話しかけられたのは初めてだった。

「ここから北に行くと森がある。悪魔が棲むと言われていて、人はめったに入らない」

男は彼方を指し示した。

「そう……なら、そこにしよう。人の世にいると、私は人を殺しすぎる」

魔女は淡々と言う。

「だから力を制限しているのか？」

「よく分かったな」

問われた魔女は左手を上げた。手のひらに、魔法陣が描かれている。

「人を傷つけたくないのか？」

「別に……何人殺したところで心が痛んだりはしない。だが、恨みを買うのも面倒だ。これ以上人と関わるつもりはない。人間などどうでもいい」

魔女はそう呟き、再び歩き出した。

北の森の魔女——彼女がそう呼ばれるまでに、長い時間はかからなかった。

序章

「いや、どうでもいいわけないでしょ！」

魔女様は叫んだ。

リンデンツ王国の王妃ナユラは、正真正銘の魔女である。

三百年の時を生きた北の森の魔女——言い伝えの中に出てくる恐ろしい魔女様だ。

しかし見た目は十八歳くらいの年若い娘である。

美しい人だ。床につきそうなほど長い漆黒の髪がさらさらと流れ、闇色の瞳が星のようなきらめきを宿している。

そんな魔女様の叫び声を聞き、魔女様付きの女官であるナナ・シェトルは驚いて目をしばたたいた。

「本当に重大な事態よ、これは。ねえ、あなたも分かってくれるでしょう？　ナナ・シェトル」

ナユラは必死の形相でナナ・シェトルの腕をつかんだ。

二人がいるのは王宮の一角、ナユラの自室である。

「こんなにがんばったのに、結局王子たちが一人も結婚してないってどういうことなの!? やっぱり私があの子たちを育てたのがいけなかったの？　魔女に育てられた王子とは結婚できないっていうの？」

ぶんぶんと揺さぶられ、ナナ・シェトルは困り顔ながら考える。

事の起こりは少し前のこと——いや、十年ほど前に遡る。

北の森の魔女は、兵士に捕らえられてこの王宮へとやってきた。

そして王の妃となり、亡き王妃が遺した五人の王子の母親になったのだ。

それから十年、魔女は大切に王子を育ててきたが、一つだけ懸案事項があった。

五人の王子が誰一人として結婚していないということだ。

国にとっても母にとっても、これは至極重大なことであった。

ゆえに彼女は考えた。王子たちにふさわしい最高の花嫁を見つけよう——と。

そうして腐心してきた彼女であるが、いまだ王子たちに春が来る気配は全くない。

ナユラはそのことを嘆いているのである。

が——そばに仕えている者の目から見ると、彼女の言葉は的を射ているようで大きく外れているとナナ・シェトルは感じる。

年頃になった五人の王子たちが誰一人として相手を見つけていないのは、間違いなくこの魔女様のせいである。けれど、それは彼女が魔女だからというわけではない。ナナ・シェトルが女官として王宮に上がってから、今日で三か月が経つ。たった三か月ではあるが、見ていればそのくらいは易々と分かるのだった。王宮で暮らす人たちもほとんどが分かっているだろう。全てはこの魔女様が原因なのだということを――

王子たちが結婚しない本当の理由。それは――彼らが魔女様を溺愛しすぎていて、他の女性に全く目を向けないから――ただそれだけのことなのだ。

それを分かっていないのは、この王宮で当の魔女様一人なのではなかろうか。

「あはははは、これはもう魔女様の日頃の行いが悪いからですね」

からからと大声で笑ったのは、ナユラの召使であるヤトという名の男だった。漆黒の髪に闇色の瞳――魔女と同じ色をしている。

「変なこと言わないでちょうだい。私は清く正しく真面目に生きてるわ」

ナユラはナナ・シェトルから手を放して、ぎろりと召使を睨んだ。

睨まれたヤトはへらへらと笑っている。

「そりゃまたご立派なことで」

あざ笑うような召使にそれ以上構わず、ナユラは大きく息をついた。

「これまでは私の作戦も悪かったんだと思うわ」

それはまあその通りだなとナナ・シェトルは思った。

「と、おっしゃいますと？」

先を促すと、ナユラは取り乱していた自分を取り繕うようにコホンと咳払いした。

「人の好みというのはね、千差万別なのよ」

今更そこですか？　とナナ・シェトルは思った。

「今更そこっすか？」

ヤトが実際に言った。ナユラがまたぎろりと睨んだ。彼はペロッと舌を出しておどけてみせる。

話が全然進まないじゃないかとナナ・シェトルは思った。

「つまりね、私が勝手にあの子たちの相手を探したところで、そうそういい相手が見つかるとは限らないということなのよ」

ナユラは自信満々に言ってのけた。

今更過ぎてナナ・シェトルはちょっと驚いた。

「結局、出会いの場を増やすのが一番だと思うの」

「マジで今更過ぎますね」

ヤトはからかうどころか呆れたように言った。

正直、ナナ・シェトルも同意見だった。

ナユラは一つ深呼吸して――

「女の子を集めます」

重々しく言った。

「たくさん集めます」

さらに重い声が響く。

「山ほどの女の子の中に僕の運命の人が――作戦です」

重厚感のある魔女の声で告げられ、ナナ・シェトルは思わずごくりと唾をのんだ。

「作戦名がアホ過ぎてビビるんですが」

ヤトが小さく片手をあげて言った。

同感過ぎてナナ・シェトルは目を逸（そ）らしてしまう。

「う、うるさいわね。作戦名なんてどうでもいいのよ」

「魔女様、恋愛経験なさすぎて頭馬鹿になってません？」

「私は既婚者です」

ナユラは即答した。

「あはは、既婚者て、どの面下げて」

ヤトは乾いた笑いで応じる。

「何が可笑（おか）しいのよ。夫と五人の息子がいます。文句ある？」

　腰に手を当てて口をとがらせる。

「その息子たちに世界一ステキな最高のお嫁さんを見つけるのが私の使命よ！」

「はいはい、承知しましたよ」

　ヤトは肩をすくめて言った。

「ナナ・シェトルも手伝ってくれるわね？」

　大きな闇色の瞳で射貫(いぬ)かれ、ナナ・シェトルはたじろぎながらも頷(うなず)いた。昔から気が弱く、人に頼みごとをされると断れないたちなのだ。

「よろしい、では女の子を集めます」

　と、魔女様は再び宣言したのだった。


「というわけで、女の子を集めることになりました」

　ナユラは腰に手を当て、魔女専用の台所に集まった息子たちに告げた。

　朝食は、いつもここで家族そろってとると決めている。

　目の前のテーブルについているのは、年頃になった五人の王子たちだ。

　長男のオーウェンはぼんやりと話を聞いていたが、一度瞬(まばた)きして、またぼんやりと興味なさそうにしている。

「ナユラ先生、そんなことより先月調合した魔力石がそろそろ完成する頃です」

淡々とそんなことを言う。

樺色の赤毛に灰緑の瞳を持つ二十三歳の若者だ。次期国王になる予定の王子だというのに、彼は魔術研究にばかり没頭していて、それ以外のものに関心を示すことがほとんどない変わり者だ。

「オーウェン兄上、少しは話を聞いてあげないとナユラが可哀想だ。ほら、たまには女性と遊ぶのも楽しいものだよ」

次男のランディが兄にそう囁く。

「俺も久しぶりに楽しませてもらおうかな。最近三百四十一人目の彼女と別れたところだしね」

ランディはちょうど二十歳。ゼニスブルーの瞳にゴールデンブロンドがよく似合う鮮やかな美男子で、昔から女遊びが激しく人を豚の餌としか思っていない傍若無人な王子だ。しばしば女性関係で問題を起こすものだから、ナユラはいつも胃が痛い。

「兄上、女性に不真面目な向き合い方をしてはいけませんよ」

三男のルートが真面目な顔で兄を咎めた。

「分かってるさ、俺はいつだって真剣だよ」

「本当ですか？　前も兄上はカルガン伯爵夫人と刃傷沙汰に……」

ルートは説教を始める。十八歳の彼は柔和な胡桃色(くるみいろ)の瞳と淡い栗色(くりいろ)の髪に似つかわしく、穏やかで優しい真面目な王子だ。しかし怒らせると非常に怖く、実のところ兄弟の中で一番厄介な天然誑(たら)しでもある。

「俺は会わないぞ」

四男のアーサーが不機嫌そうな低い声で言った。

「うるさいヤツは嫌いだ。俺は誰にも会わない」

彼はルートの双子の弟で同じく十八歳。髪も瞳も硬質なランプブラックで、兄とはあまり似ていない。女嫌いどころか人嫌いなアーサーは、忌々(いまいま)しげに突っぱねる。生まれつき特殊な感覚を持っているせいで、彼はほとんどの時間を部屋にこもって過ごす引きこもり王子になってしまったのだ。よほどのことがない限りは人前に出ない。

「僕は会ってあげてもいいよ。僕よりブスな女になんか興味ないけど、好みの女の子がいたらつまみ食いしてあげる」

五男のジェリー・ビーが甘く可愛(かわい)らしい声でとんでもないことを言いだす。長いプラチナブロンドにトパーズ色の瞳がよく映える。面の皮は天使で中身は小悪魔か女王様みたいな少年だ。彼も特殊な体質ゆえ、人との接触には細心の注意が必要だ。

「というか、まだ私たちの結婚を諦めていなかったんですね、母上」

ルートが苦笑まじりに言った。

「諦めるわけないでしょ。五人もいるんだから三人くらいは結婚してよ」

ナユラはため息とともに言い、口笛を吹いて指を振った。

王子たちの囲むテーブルに、朝食の皿が一瞬で並ぶ。皿には焼き立てのパンと、コトコト煮込んだポトフが盛り付けられている。

「僕、ニンジン嫌ぁい」

ジェリー・ビーがぷんとそっぽを向くが、ふわりと宙に浮かんだ金のスプーンが、皿からニンジンをすくってジェリー・ビーの口に飛び込んだ。

「好き嫌い言わないのよ」

ナユラはぴぴっと指を振った。

「んもう……やめてよ！」

ジェリー・ビーはぷんすか怒りながらも素直にニンジンを飲み込んだ。

「えらいわ、いい子ね！」

ナユラはぱあっと顔を輝かせて、ぱちぱちと手を叩く。

残った四人の王子もおとなしくスプーンを手に取り――意図的か無意識か、ニンジンを最初に口に運んだのだった。

第一章　魔女様と英雄王ドルガーの予言書

その夜会が開かれたのはそれから五日後のことだった。

寒さの厳しい冬を越えて、春の陽気が訪れ始めた夜である。庭園の花々も咲き始め、あえかな香りが漂っている。

この日の夜会は年頃の女の子たちばかりを集めた魔女の下心見え見えのもので、集まった令嬢たちはひときわ気合の入った様子だ。

王妃の魔女様が王子たちの相手を探しているというのはすでにみなが知るところとなっており、当然彼女たちも魔女様に負けず劣らずの下心を抱いている。

王子たちは観念したらしく、全員素直に着飾って、その場にいた。

四男のアーサーだけは嫌がっていたが、双子の兄であるルートの懸命な説得により、この場に引きずり出されてきたようだ。

少し前、ナユラはとある一団に命を狙われた。とある一団……というか、明言してしまえばこの国の根幹にもかかわる組織、リンデンツ聖教会という組織なのだが、彼らはナユラを王子たちが結婚しない原因と考えて、排除しようとしたらしかった。

その件はなんとなくうやむやになっているが、そのことがあってから王子たちは妙に素直なのだ。ナユラの言うことをよく聞く。

いったいどういう心境の変化だろうかとナユラはいささか警戒しているのだが、なんにせよ素直にステキな相手を見つけてくれるならありがたい。

そんなことを考えながら、ナユラは大広間の柱に隠れて王子たちを見守っていた。

なぜこんなところにいるかというと――まあ、単純に人と関わるのが苦手だからだ。

何せ北の森の魔女は二百六十年俗世を離れて森に隠れ住んでいた、筋金入りの引きこもりである。そんな根暗引きこもり魔女が煌(きら)びやかな王宮の夜会で優雅に振舞うなんて上等な芸当、できるはずもない。それもあんな気合満々の令嬢たちに囲まれたりしたら、一撃でゲロを吐く自信がある。

というわけで、ナユラは陰ながら王子たちを見守っているのだった。

こんなに女の子をたくさん集めた夜会は初めてだから、彼らも少しは心動かされることだろう。がんばれがんばれと胸中で祈る。

「魔女様、大丈夫ですか？」

愛らしい声がして、振り返るとそこには女官のナナ・シェトルが立っていた。

「いえ、あまり大丈夫じゃないけれど……人が多すぎてそろそろ吐きそうになってるけど……あの子たちががんばるところを見てないと」

　ナユラは悪い顔色で答える。

「そうですか、無理なさらないでくださいね」

　ナナ・シェトルが心配そうに言った時、王子たちの間でにわかに言い争うような声が上がった。驚いて注視すると、アーサーが不機嫌そうに何か怒鳴り、それを咎めるルートの手を振り払ってその場を立ち去ろうとしている。

「あっあっ！　どうしよう、アーサーが帰っちゃうわ！」

　ナユラは慌てた。あの子がこんな場に顔を出すなど、年一回あるかどうかという珍事なのに……！

「と、止めてきましょうか？」

　つられて慌てたナナ・シェトルがそう言うので、ナユラは大きく何度も頷いた。

　彼女は小走りで現場に急行する。

　突然駆けてきたナナ・シェトルを見て、アーサーの顔がますます不機嫌なものになった。

　以前、アーサーは彼女を突き飛ばしたことがある。故意ではなかったが、その手でか弱い娘を傷つけてしまったのだ。アーサーは人を傷つけることに敏感だ。傷つけてしまった相手には極端に冷たい態度をとり、近づくことを嫌がる。

だったら最初から優しくしろよとナユラはいつも思うのだが、それができないところが彼の未熟さと繊細さなのだ。

というわけでそれ以来、アーサーはナナ・シェトルを避けているような節がある。

とはいえ、そもそも引きこもりで全ての人間を避けているような彼だから、ナナ・シェトルだけを避けているというわけではないのだが……

はらはらしながら見守っていると、アーサーは引き留めようとするナナ・シェトルに何か怒鳴り、追い払おうとしていた。

「ああもう……そんなところを他の令嬢たちに見せたりしたら、悪い噂が立っちゃうじゃないの……」

おろおろこそこそしていると、不意に背後から歩いてきた人と肩がぶつかった。

「きゃ！　ちょっとあなた、そんなところにいたら邪魔ですわよ。端の方へおどきなさい」

神経質そうな声に咎められ、驚いて振り返ると見知らぬ令嬢が立っていた。豪奢に着飾った年若い令嬢である。

令嬢はナユラを値踏みするように見やり、フンと鼻を鳴らした。

「どちらのご令嬢かしら？」

あからさまに見下すような眼をしている。

ナユラの着ているものは地味で飾りけのない紺色のドレスで、装飾品もつけていなかったし、そのうえ挙動不審にこそこそと隠れていたから、いかにも田舎の娘が場違いな夜会に紛れ込んでしまったという風情だ。

対する令嬢はこれでもかというほど贅を凝らした派手なドレスで、ふんだんな宝飾品を身にまとっている。全身に自信が漲っている。根暗引きこもり魔女としては、まったく関わり合いになりたくない類のご令嬢である。何も悪いことはしていないが、今すぐごめんなさいして逃げ出したい気分だ。

「ちょっと、答えなさいな」

令嬢はせかした。

いったい何と答えるべきか、ナユラは困った。

ナユラは人前に出ることがほとんどないから、ナユラの顔を知っている人間は少ない。この場でいきなり、王妃ですとか言っていいものだろうか？　それとも、魔女ですとか言った方がいいのか？　それともやっぱりごめんなさい一択か？　何かあったらとりあえず謝っとけばいいとか、どこかの偉い人も言っていたような気がしないでもないような……直立不動で考えていると――

「何よ、生意気な目で睨んだりして」

令嬢は機嫌を損ねた。

いや、断じて睨んだわけではない。ただ困っていただけだ。それで生意気と言われるのははなはだ心外である。しかしこういう時に気の利いた返しができないところが、根暗引きこもり魔女を自称するゆえんである。

キラキラ令嬢ほんと怖い……鋼鉄の鎧（よろい）ばりに頑強なこのキラキラを、いったいどうやって身につけたのか教えてほしいくらいだ。いや、教えてくれなくていいからとにかく逃げたい……

「何よ、文句でもあって？　私はトラン侯爵の孫娘ですわよ！」

令嬢は胸に手を当てて声を荒らげた。

周りの人たちがちらちらとこちらを見る。令嬢同士のケンカと思っているのか、興味深そうな薄笑いだ。

助けてくれる者はいないのか……この世はいつからこんなにも薄情になってしまったのだ……と、ナユラは絶望した。

「いいかげんに何か答えなさいったら！」

もうやだ、この令嬢怖すぎる……この世に派手でキラキラした令嬢ほど怖いものなどない。というか、もう人がいっぱいいるという時点で全てが怖い。逃げたい。

しかしナユラは緊張すると表情が出なくなる方で、あまり慌てたり怖がっているようには見えないのだった。

ナユラが胸中でうろたえていると、後ろから突然肩を抱かれた。

「どうしたの？　ナユラ、お友達？」

聞いてきたのは、第二王子のランディだった。いつの間にかこちらに気づいていたらしい。

「ナユラに友達なんているわけないじゃーん」

ころころと鈴を鳴らすような愛らしい声で笑うのは、第五王子のジェリー・ビー。

「え！　殿下!?」

令嬢がいきなり登場した王子に色めき立つ。

周りの人たちも驚いたらしくざわついた。

五人の王子たちは集まってくると、ナユラをかばうように取り囲んだ。

「王子殿下がどうしてあの令嬢をかばってるの？」

「有力諸侯のご令嬢なのかしら？」

「あんな人、見たことないわ」

やじ馬たちはひそひそと話し合う。

「先生、この人に何か嫌なことをされたんですか？」

第一王子のオーウェンが淡々と聞いてきた。

「ナユラ、そうなのか？」

第二王子も聞いてくる。以下の弟たちも一斉にナユラと対峙していた令嬢を見据えた。十の瞳に射竦められ、令嬢は青くなったり赤くなったりしている。

ぎゃあ！　と、ナユラは胸中で悲鳴を上げた。

これはまずい、とてもまずい！　この王子たちは、ナユラを傷つける者に対して異常なくらい攻撃的だ。うっかり敵認定されてしまえば、この令嬢はどんな酷い目にあわされるかわからない。そんな場面をたくさんの女の子たちに目撃されてしまったら、みんな一目散に逃げてしまうに違いない！

ナユラは一歩前に出て、足を踏み鳴らした。カンと甲高い靴音がする。

「小娘、誰に向かって口をきいているつもりか」

威圧的な表情を作る。途端、ナユラが踏んだ床がひび割れて、植物の蔓が勢いよく噴き出した。

「え、えええええ!?　いやああ！　なにこれえええ！」

令嬢は悲鳴を上げてひっくり返る。

「ひい……まさかあれは、魔女の王妃様!?」

やじ馬たちから慄きの声が零れた。

もう後には引けない。ナユラは腹をくくった。

「北の森の魔女の前で無礼な口をきくとは……命が惜しくないと見える」

令嬢を冷ややかに見下ろす。

がんばれ私、がんばれ私！　ここでどうにか収めないと、息子たちがとんでもないことをしでかしてしまう。絶対そうに決まっている。私が泥をかぶってすむなら、その方がまだましだ。やばい王子の噂を、怖い魔女の噂で掻き消すのだ。がんばれ私！　怖い魔女の振りをしてみせろ！

胸中で自分を奮い立たせ、令嬢を脅す。

「二度と私の目の前に現れるな」

ごめんねごめんね！　でもこれはあなたのためなの！

心の中で謝罪を繰り返す。

「ほらほら、魔女様もこう言ってることですし、今夜はもうお帰りになった方がいいですよ」

その場の熱気を下げるように言い、召使のヤトが令嬢の腕を引いて立たせた。

令嬢は震えながら立ち上がり、小鹿のような足取りで広間から連れ出される。

後には王子と魔女と怪しげな蔓が残された。

ナユラはぱちんと指を鳴らして蔓を引っ込め、無言で広間を後にした。

「だからあなたたちは何度言ったら分かるのよ！」

ナユラは別室で叫んだ。

「いや、私たちは何もしていませんよ、母上」

三男のルートが穏やかに言い返す。

「私が何もしなかったら、絶対あの令嬢をいじめてたでしょ」

「そんなことするものか、ただ、礼儀をわきまえてもらうためにちょっとばかりしつけをしたかもしれないけどね」

「ほらみなさい！　おかげでまた、私の悪評が広まったじゃないの！　どうしてくれるのよ、あなたたちなんてもう知らないから！」

ナユラはソファに座って座面に突っ伏した。

「それでぇ？　僕らに何か、言うことないの？　ナユラが僕らのことだーい好きで、世界一愛してて、どうしても幸せになってほしいって言うから、僕らナユラを喜ばせようと思って素直に夜会に出たんだよ？　ねえ、何か言うことないの？」

ジェリー・ビーが甘ったるい声で聞いてくる。

「うるさいわね、あなたたちなんか知らないんだったら！　もううんざりよ、バカバカバカ！　助けてくれてありがとうね！」

ナユラが突っ伏したまま叫んだので、王子たちは同時に笑った。

それと同時に、部屋の戸が開いた。

「魔女様、お客さんですよ」

召使に案内されて入ってきたのは、見覚えのある若い娘だった。

「先生、本日はお招きいただいてありがとうございます」

丁寧に頭を下げたのは、長くまっすぐなチャコールグレイの髪に、コバルトブルーの瞳を持つ令嬢だ。以前、オーウェンの結婚相手を探していたとき王宮に招いた、フレイミー・ロダンウォールという名の令嬢である。

魔術研究を志しているこの娘は、ナユラの口添えで今は大学の研究室に通っている。オーウェンとあまりそりが合わない様子だったから、この二人の縁談は諦めていたナユラだったが、今夜の夜会には手あたり次第若い女の子を招いたので、彼女も招かれてしまったらしい。節操のないことをしてしまった。

「久しぶりね、フレイミー嬢」

ナユラは勢いよくソファから立ち上がった。

「変なところに招いてしまってごめんなさい。あなたは今、研究で忙しいでしょうに

……」

「いいえ、先生。実は私も、ちょうど先生にお会いしたいと思っていたんです」

「え、そうなの？」

人から会いたいなどと言われることがほとんどない根暗引きこもり魔女は、突然の言葉にいささかうろたえる。

「はい、相談したいことがありまして」

「相談？　魔術に関することかしら？」

「はい、そうなのです」

途端、フレイミーの瞳の輝きが増した。

「ちょっと待ってください」

口をはさんだのはオーウェンだった。いつも淡々としている彼らしからぬ、険しい顔をしている。

「フレイミー嬢は先生の弟子ではありません。それが先生に相談というのは、おかしな話です。魔術研究なら大学でやればいい。そもそも馴れ馴れしく先生と呼ぶのは無礼が過ぎるというものだ。先生を先生と呼んでいいのは私だけです」

とげのある声で言う。初めて会った時から、彼はフレイミーを嫌っていた。どうも、ナユラを取られると警戒しているようだ。

「あなたのその狭量が魔術の発展を阻むとはお考えにならないのですか？」

フレイミーは売られたケンカを高値で買い取った。

ちょっと待てこらお前たち！　ナユラは慌てる。

「二人とも、こんなところで言い争いなんか……」

「「先生は黙っててください！」」

あろうことか、二人は同時に怒鳴った。

いったい私が何をしたと……ナユラはめまいがする。

「そもそもきみは魔術史を学ぶのが専門だろう？　魔術の発展なんて言葉を口にするのは烏滸がましいんじゃないか？」

「魔術史を軽んじるおつもりですか？」

「優先順位の問題だと言っている」

「それはおかしい。あなたは仮にも、悪魔を封じた伝説のドルガー王の子孫なのですから、もっと祖先の研究のために、大学の予算を都合するとかしてくれてもよろしいのでは？」

フレイミーがそう言うのを聞いて、王子たちは同時にピリッとする。

悪魔を封じた伝説のドルガー王――この名は彼らにとって重い意味を持っている。

ドルガー王とは二百年前の伝説の英雄王で、悪魔と契約しこのリンデンツに豊穣と呪いをもたらした男だ。そして、ナユラの知己でもある。

王子たちはナユラとドルガー王が恋人関係にあったのではないかと疑っていたことがあり、この名前にいささか敏感なのだ。彼らはナユラを自分たちだけの魔女だと思っていて、他の誰かと共有することをひどく嫌がる。

一瞬、部屋の中がしんとなる。オーウェンがその静けさを破り、フレイミーにぐっと顔を近づけて真正面から目を見据えた。これは彼が何かを訴えたり探ったりするときの癖だ。

「悪魔を封じた伝説の王などいない」

強く断言され、フレイミーは数拍固まり、じわじわと怒りに表情を染める。

「きみはくだらない研究をやめるべきだ」

とどめを刺そうとしたオーウェンを、ナユラは慌てて制止する。

「オーウェン！　そんなことを言っちゃいけないわ。どんな研究だって何かに繋がっているものよ。それに魔術研究は人と人が協力し合って進めていくものなんだから、同じ研究仲間を尊重しなくちゃ」

ドルガー王のことに触れてほしくないオーウェンの気持ちは分かるが、熱心に研究を続けているフレイミーの気持ちも分かる。

するとオーウェンはすねたような顔になった。いつも無表情な彼にしては、はっきりと表情を見せている。

「先生は私とフレイミー嬢のどちらが可愛いですか？」

何を言い出すんだこの馬鹿は――と頭をはたきたくなりながら、ナユラは真顔でオーウェンを見返す。

「もちろんあなたの方が可愛い。あなたは私のたった一人の弟子だもの」

するとと彼はちょっと満足そうな顔になった。

「ならいいです」

「ちょろいですね」

召使のヤトがぼそりと言った。

「オーウェン殿下は相変わらず心が狭くていらっしゃる」

フレイミーが呆れたように呟く。

本当にこの二人は相性が悪いようだ。この二人が仲良くなる時は決して来ないに違いないと、ナユラは思うのだった。

「ええと、フレイミー嬢、相談があるって言ったわね？　何かしら？」

ナユラはこれ以上二人に仲たがいさせまいと話を進めた。

すると、フレイミーは腕に抱えていた包みを差し出してきた。

「大学の研究室に、これが送られてきました」

ナユラは怪訝(けげん)な顔で受け取り、包みを開いた。中には一冊の本が入っていた。随分と古そうで、色あせている。表紙は革張りで、題名が書かれている。それを見て、ナユラはぎょっとした。

ナユラの驚きを見て、フレイミーは頷いた。

「ドルガー王の予言書です」

王子たちの気配がまたピリッとした。

せっかく気を逸らしたのに、またその名前か！

「……本物なの？」

ナユラは声を低めて聞いた。

「表紙の文字はドルガー王の筆跡と一致しています」

「こんなもの、いったいどこから……？」

「分かりません。七日前、大学の研究室に私宛てで送られてきたんです。送り主は書いてありませんでした。教授たちに調べてもらったところ、筆跡が一致したと」

二百年も前にドルガー王が書いた本が、今の大学に送られてきた？　にわかには信じがたい話だ。

「ドルガー王の資料は極端に少なく、謎に満ちた研究対象です。この予言書は重要な研究資料になると考えられているのですが……」

「そうね、研究資料としては……え？　予言書？」

聞き流していたが、予言書って何だ!?

「ドルガー王の予言書です」

「いや、はいそうですかとはならないわよ。予言書って何なの？」

新手の詐欺かと思ってしまう。

するとフレイミーが驚いた顔になった。

「ドルガー王には未来を予言する力があったと伝えられているんです。先生はたしか、ドルガー王に直接会ったことがあると……」

「いや、確かに会ったことはあるけれど、未来を予言する力なんて……」

その時、不意に記憶の底から蘇ってくる声があった。

『お前はいつかこの森を出る。人を愛する日が来るだろう……』

二百年前の北の森で、彼は確かにそう言った。

「いやいや！　あんなの予言じゃないわよ！」

思わず叫ぶ。

「研究者の間では、よく知られた話なのですが……」

言われ、ナユラは絶句する。そんな馬鹿な。彼はただの人間で、予言の力なんてなかった。

しかし確かに、本の表紙には『英雄王ドルガーの予言書』と書いてある。これを本人が書いたんだとしたら……ちょっと色々ヤバいと思う。

「ただの冗談なんじゃないの？　本人がイタズラで書いたおとぎ話かも。中には具体的にどんなことが書いてあるの？　本当に予言？」

疑いの気持ちがむくむくと湧いてきて、探るように尋ねる。

「分かりません」

フレイミーの答えにナユラは首を傾げた。

「読んでないの？」

「はい、この本は開けないんです」

「開けない？」

「魔術で封じられているようなのです。それで、魔女様にこの予言書を開いていただこうと思いまして……」

「ああ、そうだったの。知られたくないことでも書いてあるのかしら？　どこぞの魔術師に、持ち主だけが開けるよう魔術をかけてもらったのかもしれないわ」

恥ずかしいことでも書いてあるのだろうか？　もしかしたら、若い頃の日記やポエムが書かれていたりして……後の世でそういうものが晒されてしまうのは有名人によくあることだ。死ぬ前にきっちり燃やしておくべきだろう。そう思うと、申し訳なさとわくわく感が同時に湧いてきた。

「研究に必要なら、開いた方がいいわよね」

コホンと咳払いして、ナユラは本に手をかけた。

軽く力を入れてみると、本はあっさり開いた。

「え？　すぐ開いたわ。魔術なんて……」

その時、窓の向こうで雷鳴が轟（とどろ）いた。

開いた本の中に記されていた文字が、銀色に光っている。

ナユラはとっさに本を閉じ、床に置いて手を離した。

しかし閉じられた本はその隙間から輝きを放ち続ける。

次の瞬間、大地が震えた。

「地震だ！」

ランディが叫んだ。

「先生！」「ナユラ！　こっちに！」「母上！」「伏せろ馬鹿！」「何やってんのさ！」

王子たちは口々に叫び、ナユラをかばって床に伏せた。

激しい地震が王宮を震わせ、しばらくするとあたりはしんと静まり返った。

家具が倒れたり物が落ちたりしているが、どうやらみんな無事らしい。

ほっとして、ナユラは王子たちを見た。

「大丈夫？　いったい何が……」

そこでナユラは凍り付いた。

長男のオーウェンが、七歳くらいの子供になっている。一瞬どこの子かと思ってしまったが、間違いなく彼の顔をしている。

「オーウェン？」

「先生、大丈夫ですか？　あれ？　私の声が変です。それにどうして、先生の体が大きくなっているんでしょう？」

妙に淡々と疑問を並べ、彼は首をかしげた。

「オーウェン、こっちに来て！」

ナユラは床に座り込んだまま、慌ててオーウェンの細い腕を引っ張った。

そしてその体をぺたぺた触る。

「魔力を感じるわ……この予言書に何か罠が仕掛けてあったのかも」

「ほかのみんなは大丈夫？　ランディ？」

目の前にいる次男に声をかけると、ランディは蹲って震えた。

「ひいっ……俺に話しかけるな！」

怯え切って今にも泣きだしそうだ。いつも自信満々余裕綽々、人を豚の餌くらいにしか思っていない傍若無人な彼とは思えない。

「もうだめだ……死にたい……」

幽鬼にでもとりつかれたかというような暗い声で呟く。

「ちょ、落ち着いて。どうしちゃったの？」

「母上、いったい何が起きたんですか？」

四男のアーサーが聞いた。

「おい、どうなってんだこれ」

三男のルートが重ねて聞く。

ナユラは双子の息子を見て、ポカンとした。

「何馬鹿みたいな顔してんだよ、ナユラ」

ルートが……いつも優しく微笑み真面目でしっかり者のあのルートが、怖い目つきでナユラを睨んでいる。

「母上？　大丈夫ですか？　私たちには魔術のことは分かりませんが、母上が何かしたんですか？」

アーサーが……いつもぶっきらぼうでまともに人と会話しようとしない引きこもりのアーサーが、優しく労わるように聞いてくる。

「アーサー？」

「なんだよ」

ナユラの問いかけに、ルートが答えた。

「ルート？」

「はい、母上」

今度はアーサーが答える。

そして双子はお互いの顔を見合わせて——

「え!? どうして私が!?」

「はあ!? なんで俺がもう一人いるんだ!?」

同時に叫んだ。

これはまさか——

「心と体が入れ替わってる……?」

ナユラは消え入るような声で呟く。

「な、お前ルートか?」

「そういうお前はアーサーなのか?」

お互い顔を指さしている。

やはりそうだ。双子は魂と肉体が入れ替わってしまっている。

「ジェリー・ビー!?」

はっとして、ナユラは五男を呼んだ。

「え、何?」

可愛らしい声の王子に一見変化はない。ほっとして、まじまじと眺め、とある一点に目をとめて仰天する。

ナユラは思わず手を伸ばし、ジェリー・ビーの胸をつかんでいた。

「えっち、なにすんのさ」

ジェリー・ビーは愛らしい声で文句を言った。ナユラはその柔らかく豊かな感触に度肝を抜かれて手を引っ込める。

ジェリー・ビーの体は、どこからどう見ても女の子のものになっていた。

「ねーえ、今すっごくおかしなことが起こったね。僕らの中を、なんだかすごく嫌なヤツが蹂躙（じゅうりん）していったよ」

ジェリー・ビーはいつもより高い少女の声で言った。

「何が起きたかあなたは分かったの？」

「僕らは呪いを受けたんだよ」

「呪い？　この予言書に、何か呪いが仕掛けられていたってこと？　いったい誰がそんなことしたっていうの!?」

ナユラは思わず声を荒らげた。

「さあ、分かんない。でも、この本を書いたヤツと同じにおいがするよ」

「……嘘（うそ）でしょ」

「ほんとだよ。僕は分かるよ。僕は人じゃないもの」

彼の言う通り、ジェリー・ビーは普通の人間ではない。一度死んで悪魔にとりつかれて魂が融合した、半人半魔の悪魔憑きだ。彼には人に分からないものが分かる。

「ドルガー王が……あなたたちに呪いをかけたっていうの？」

「さあ、分かんない」

「……あの……バチクソろくでなし糞野郎！」

ナユラは吠えた。

「先生、僕らは魔術で呪いをかけられてしまったんですか？」

幼い子供の姿になってしまったオーウェンが、何故かちょっとわくっとした顔で聞いてくる。

「もう嫌だ！　呪いなんて冗談じゃない！」

わんわん泣きながらランディが叫ぶ。

その隣で、アーサーが……いや、アーサーの姿をしたルートが苦しげに頭を押さえて蹲った。

「おい！　お前どうしたんだよ！」

そんな彼を心配したアーサーが、ルートの顔で背中を揺する。

もう大混乱だ。

ナユラはしばし呆然としていたが、決然と立ち上がった。

「落ち着いて。大丈夫よ。どういうつもりだか知らないけれど、この程度の呪いなんて私がすぐに解いてあげるから」

そう言って予言書を拾い、ページをめくる。

中の文字はすでに輝きを失っていたが、そこに込められた魔力は感じられた。よく見てみれば、書かれているのは意味をなさないめちゃくちゃな文字の羅列である。予言なんてものが書いてあるとはとても思えない。

あの糞野郎は、いったい何のつもりでこんなものを……

腹立たしく感じながら、口笛を吹く。ナユラは音や魔法陣で魔術を使う。いつもならこれで、ナユラの力は発動する。

しかし、その口笛はこの世界に何の変化ももたらさなかった。ナユラは訝り、袖をめくる。そこに刻まれた魔法陣も、全く反応していない。それを解し、ナユラはさっと青ざめた。

「魔術が……使えない」

はっとあたりを見る。いつもならそこにいるはずの召使はどこを捜しても姿が見当たらなかった。

春を迎えたというのに、窓の外には雪が降り始めていた。その雪はいつまで経っても止むことはなく、しんしんと降り積もって王国を白く覆い隠していった。

第二章　魔女様ともう一人の悪魔憑き

それから五日経っても、雪が止むことはなかった。

空はどんよりと暗く、時折雷鳴が轟く。

その異常気象は——いや、天変地異は、王国全土に及んでいた。

「いいかげん、どういうことか説明してください」

五日後の夕暮れ時——王子たちはナユラの部屋に集っていた。

ナユラはこの五日間魔術をどうにか発動できないかと腐心し続けていたが、魔力のかけらすら湧いてくることはなく、無為に時間を費やしてしまった。

くたびれて床に座り込んでいたところに、王子たちが押し掛けてきたのだった。

ナユラを心配してずっと世話をしていた女官のナナ・シェトルが、おろおろと戸惑っている。

ナユラは詰め寄る息子たちを見上げる。

五人に起きた異常事態も、やはり何ら変わることなく続いていた。

オーウェンは七歳くらいの子供に戻り、ランディは人格が豹変してあらゆるものに怯え、ルートとアーサーは魂と肉体が入れ替わり、ジェリー・ビーは性別が変わってしまった。

ナユラにとってこれは、天変地異より大変な事態だった。

「ドルガー王の予言書に仕掛けられていた魔術が原因だと思うけれど、あんな本一つに天変地異を起こせるほどの魔術を仕掛けられるとはとても……」

「いや、そっちではなく」

ナユラの説明を遮ったのは、アーサーの顔をしたルートだった。

いつもならこういう役目は次男のランディがしているのだが、今の彼は怯えるばかりでまともに話ができる状態ではなかった。

「ええと、そっちではないって……じゃあどっち？」

いまだ混乱のさなかにいるナユラは聞き返した。

「母上のことです」

「え、私？　私が何？」

「母上は北の森の魔女です。この世で最も強く恐ろしい魔女。それが母上です」

「……ちょっと言い方ってものを……」

息子にそういうことを言われるとさすがに傷つく。

「冗談を言ってないで」

「いや、冗談なんか言ってないわよ」

「あなたは北の森の魔女です。それがどうして、魔術を使えないなんてことになってるんですか？」

「それは……」

うぐぐとナユラは黙り込んだ。

「先生が魔術を封じられていることは知っています」

今度はオーウェンが言う。

「一定の条件下でなければ使えないと」

「……そうよ」

「その条件とは何ですか？」

問われ、ナユラは答えに窮した。それを、彼らに言うべきかどうか……

「今までの先生は魔術を使う条件を満たしていた。今の先生は満たしていない。先生の周りで変化があったことといえば……」

「あの男がいなくなったことだ」

忌々しげに言ったのはアーサーだった。苛立ちが全身から噴き出さんばかりだ。

五人の王子たちがじっとナユラを見据える。

「母上、彼は母上と何か関わりがあるのですか？　彼は……ヤトは何者ですか？」

まっすぐ聞かれ、ナユラはとうとう観念した。

「彼は私の召使よ」

「それは知っています。そうじゃなく……」

「それが全てよ、彼は、私の、召使なのよ」

その言葉に含みを感じ、ルートは眉をひそめた。

「先生、それは、魔女の召使という意味ですか？」

代わりに聞いたのはオーウェンだった。子供に退行したとは思えないほどの鋭さだ。

「ええ、その通りよ。あの男は北の森の魔女の召使」

「魔女の召使というのはつまり、使い魔ということですか？」

「……そうよ」

「使い魔って何だよ」

ぶっきらぼうに聞いたのは、ルートの顔をしたアーサーだ。

「使い魔というのは魔女と契約した生物のことだ。魔女の魔力で命を繋ぎ、魔女を守り、魔女に従い、魔女が死ねばともに死ぬ召使。それが使い魔だ」

やはり幼い子供と思えぬ聡明さでオーウェンは言った。

「あの男は、ずっと昔に私が暮らす北の森に入ってきたわ。放っておけば人に悪さをするので、私は彼を使い魔にして縛った。悪さができなくなるように」

　ナユラは苦々しげに語った。

　自分はどこから間違えたのだろうかと考える。

「私は彼を厳しく躾けたつもりだったけど、それは私の驕りだったわ。彼は私を裏切って、私の魔力を封じる術をかけてしまったの。五十年くらい前のことだったかしら。それ以来、私は彼がそばにいなければ魔術を使うことができなくなった」

　たちまち王子たちの表情が変わった。

　そこから発せられる剣呑な気配にぞくりとする。

　だから言いたくなかったのだ。彼らはナユラに害を及ぼすものを許さないし、ナユラの独占を阻むものをもっと許さない。

　嫌な空気の中、ルートが再び口を開いた。

「もしかして、そのせいで母上はリンデンツに捕まったんですか？　北の森の魔女と呼ばれた人がどうして人間の兵士に捕まったのだろうとずっと不思議だったんです。母上は捕まった時、魔術を使えなかった？」

　穏やかに話を続けてくれたことに少しほっとする。

「ええ、あの男が傍にいない時だった。私は魔力を封じられていて、逃げるすべはなかったのよ」

「でも、彼はすぐ母上を追ってきましたよね？」

「そうね、すぐ追いかけてきたわ。私が死んだら彼も死んでしまうから、それを防ぎたかったのかも」

そこで五人の王子は顔を見合わせ、何か考えるそぶりを見せる。

「それで、彼は今どうして姿を消したんですか？　この呪いに、彼は関わっているんでしょうか？」

「先生、ヤトは魔術師なんですか？」

オーウェンがちょっとわくっとした顔を見せた。

「魔術師……というわけじゃないわ。あれは特別な生き物で、魔女や魔術師とは違うのよ。あの男は……ずっと前にもう死んでいるの」

「死んでいる？　それはまさか……」

「悪魔にとりつかれて蘇った悪魔憑きよ」

その言葉に、兄弟たちは一点を見た。その視線を集めたのは、五男のジェリー・ビーだ。

「ふうん……あいつ、僕と同じだったんだ？」

この少年も十年以上前に一度死んでいる。そして悪魔にとりつかれ、蘇ったのだ。

そして悪魔憑きは……

「悪魔憑きの多くは人を喰うわ。あれを使い魔にしたのはそのせいよ。使い魔にすれば、人を喰わずに主の魔力だけを喰うことになるから……」

「それで使い魔にした挙句、結局ナユラは魔力を封じられちゃったの？　ナユラの自業自得じゃん」

返す言葉がなさ過ぎて、ナユラはうめくしかなかった。

「……あの男は私を嫌って憎んでいるから、私を困らせたかったんでしょうよ」

「え!?」

五人の王子は同時に素っ頓狂な声を上げた。

「ん？　どうしたの？」

「ナユラ、今なんて言ったのさ」

「……あの男は私を嫌って憎んでいるから」

もう一度言うと、ジェリー・ビーはちょっと不自然な顔で笑った。

「……ああ、うんそうだよね。あいつ、ナユラのこと大嫌いなんだと思う」

「だろうな、俺もそう思うぜ」

「ええと、そうですね。そうかもしれませんね」

「あの男はきっと、先生を嫌いに違いないです」

「……俺も……そう思う」

五人の王子たちは口々に言った。

そこまで言わなくても嫌われていることは知っている。

「分かってるわよ。それでも危険な悪魔憑きを放置しておくことはできないでしょ。だから召使としてずっとそばに置いといたんじゃないの」

「それで、彼が急に姿を消したということは、彼は今あなたを裏切ろうとしているわけですね？　母上」

「さあ……私はあれの考えていることがよく分からないから」

「なるほど、とにかく彼がいなくなった今、母上は魔術を使うことができない」

「ええ、そう」

「私たちを元に戻すことはできない」

「……そういうことよ」

「困りましたね……」

ルートが微苦笑で呟く。

「私たちが戻らなくてもそれほど困りはしないはずです。彼のことは切り捨ててしまってもいいのでは？」

などと言い出したのはオーウェンだった。

「先生が魔術を使えなくても、私たちが守ります。特にこの私が、魔術を使って先生をお守りします。だからこのままでもべつに……」

「いいわけねえだろ」

アーサーが怖い顔で言った。いつも優しいルートの顔が、表情一つでこんなに怖くなるのだとナユラは初めて知った。

ルートは双子の兄であるアーサーを睨んだ。

「お前、その体に耐えられるのかよ」

聞かれ、ルートの表情が強張る。

「それは俺の体だ。だったら、聞こえてるだろ？」

ナユラははっと気が付いた。

アーサーの肉体には、生まれつき魔力性感覚障害がある。

他人の魔力を感じ取り、そこに込められた感情——特に悪意を感じ取るのだ。その体に、今はルートの魂が入っている。ルートは今、生まれて初めて人の悪意を全身に浴びているはずなのだ。

「返せよ、俺の体。そんな糞みたいな体に耐えられるのは俺だけなんだよ。お前には無理だ、返せよ」

「……別にたいしたことはないよ」

ルートは落ち着き払った声で答えたが、一瞬空けた間にわずかな苦痛がにじんだ。

「嘘つけよ」

「私のことは心配しなくていい」

「お前のことなんか誰が心配するかよ。お前にへばられたら困るって話をしてるだけだろうが」

双子は睨み合った。

「ちょっと、こんな時にケンカしないで。ヤトが戻ってきさえすれば私は魔術が使えるわ。そうすれば、みんな元に戻せるから心配しないで」

そう、つまり急にいなくなってしまったあの男を捜すのが先決なのだ。

ナユラがそう言った時、突然部屋の窓が激しい音を立てて割れた。荒れ狂う吹雪が部屋の中に吹き込んでくる。

驚いて目を向けると、吹雪の中に一羽のカラスが羽ばたいていた。カラスは、部屋の中に入ってくると窓際のチェストの上に悠々と止まった。

「こんばんは、魔女様」

カラスの黒いくちばしがそんな言葉を紡いだ。

その場の全員が仰天し身構える中、ナユラはそのカラスの気配をはっきりと感じ取って目を見開いた。

「ヤト！　お前何をやってるの！」

カラスが纏う気配は、紛れもなく使い魔のそれだった。

「これは俺じゃない。勘違いしないでくださいよ、魔女様。俺はあなたに近づかない。あなたに魔術は使わせない」

「ふざけたこと言わないで。すぐに戻ってきなさい。お前は私の使い魔なのよ」

ナユラは目を吊り上げてカラスを睨んだ。カラスは黒い瞳でニヤッと笑ったように見えた。

「いいや、俺は戻らない。その代わり、あなたにとても大切なことを伝えにきました。魔女様……俺はこの国を滅ぼすことにしました」

穏やかに告げられ、ナユラは唖然とした。

「お前……何を言ってるの……？」

「理解できませんか？　あなたの愛する王子殿下を呪ったのは俺ですよ。あの予言書……中は何の内容もないでたらめなものですが、二百年教会で保管されていたものです。あんまりくだらないので呪いの道具にさせてもらいました」

ナユラははっとして部屋の隅の机に目をやる。その上には、王子たちに呪いをかけたドルガー王の予言書が横たわっている。

「お前があれをフレイミー嬢に送ったの？」

「ええ、楽しんでくれましたか？　これでもう、この国は存続することができない。

全てあなたのせいですよ、魔女様。他ならぬあなたがこの道を選んでしまったんだ。あなたと、あなたの愛する王子殿下が選んだことだ。先に選んだのはあなたたちの方だ。だから俺は——この国を滅ぼすことに決めた」

妙に淡々とした口調で、カラスは言葉を羅列した。そしてふっと笑う。

「俺が本気だってことが伝わりましたか？　ほら……想像してみてください。この状態ではもう、選びたくても選べない。悪魔との契約を果たすのは無理だ」

一瞬、彼が言った言葉の意味が、ナユラは理解できなかった。

王子たちにちらと目をやり、彼らの険しい表情を見て、じわじわと理解する。

幼子になってしまった長男と、人格が変貌してしまった次男と、魂が入れ替わってしまった三男四男と、性別が変わってしまった五男。

「お前！　なんて下劣なことを！」

瞬間かっとして叫ぶ。

「怒らないでくださいよ、魔女様」

カラスはバサッと羽を広げた。

「最後に一つ、取引をしましょう」

「今更何を……」

「俺はこれでも愛国者だ。魔女様……あなたの命を差し出すなら、王子殿下の呪いを解いてあげましょう。そうすれば、あなたたちはまた選べるようになります。王子殿下とこの国のために、命を差し出しますか？　俺の魔女様」

「ふざけるなよ……」

アーサーが唸るように言った。

「てめえを今ここでとっ捕まえて叩き斬ってやるよ！」

「いや、それはダメだ、アーサー。捕まえたら私に渡してくれ。解剖してこの呪いを解かせたい」

「ねーえ、それとも僕が喰ってあげようか？　おんなじ悪魔憑きなら、可愛い僕の勝ちでしょぉ？」

ジェリー・ビーがうふっと妖しく笑う。

「悪い王子様たちだなあ……」

カラスの嘴から不気味な笑い声が漏れる。

「これはただの借りものです。捕まえたところで呪いは解けませんよ。魔女様の魔力が戻ることもない」

カラスの黒々とした目が王子たちを順に見やった。

「あなた方はこの国の王子でしょう？　国を守りたいのなら、魔女を渡すことです。もちろん死体でも構いません。どうですか？　これが最後の機会ですよ」

最後の一音を言うより早く、アーサーが剣を投げた。カラスはその剣をよけてバサッと羽ばたく。

「交渉決裂ですね。この国の最後の時をせいぜい楽しんでください。それじゃあ」

「待ちなさい！　この天変地異は……これもお前がやったことなの？」

飛び立ちかけたカラスを引き留めて問いただす。

「これは呪いじゃありませんよ。あなた方は悪魔との契約を一方的に破棄しようとした。だから、恵みを与えてきた泉の悪魔が怒ってる。それだけのことです」

そう告げ、カラスは吹雪の中へと飛んで行った。

ナユラは茫然とその場にへたり込んだ。

放心するナユラと、怒りに双眸を燃やす王子たちは、部屋から出て行った女官の存在に気が付かなかった。

都のはずれにある暗い空き家の中で、ヤトは空き箱に腰かけ目を閉じていた。

窓から音もなくカラスが入ってくると、そこで初めて目を開ける。

「宣戦布告は終わったんですか？」

愉快そうな声で聞かれ、目を向けるとそこには女が立っていた。

この真冬に袖のないシャツと短いズボンをはき、装飾品をたくさん身に着けた不思議な風体の女だ。フィーという名の魔術師である。

カラスはフィーの肩に止まり、装飾品の中に吸い込まれて消えた。

「ああ」

ヤトは短く答えた。

「それは順調順調順調ですねえ。あたしのカラスも役に立ってよかったですよ。それでこれからあたしは何をしたらいいんです？　お代を頂けるなら何でもしますよ。国を滅ぼすことだって平気なんですよねえ」

からからと笑うフィーを見て、ヤトは唇の端を笑みの形に持ち上げた。

「親兄弟が死んでもいいのか？」

「あはははは、それって美味しいんですかあ？」

フィーは人差し指を頬に当て、馬鹿にしたように笑い返す。

「お前は……醜い女だな」

ヤトが表情を歪めて言ったその時、空き家の戸が勢いよく開いた。

「ヤトさん！」

叫びながら、吹雪に押されて転がるように中へ倒れこんできたのは、ナユラの女官であるナナ・シェトルだった。床に蹲り、荒い息をついている。

「あれ？　ナナ・シェトルお嬢さんじゃないですか、こんなところまで何しに来たんです？　もしかして、カラスを追いかけてきたんですか？」

ヤトが驚きをわずか顔に浮かべて尋ねると、彼女は白い息を吐きつつ顔を上げた。

「ヤトさん……馬鹿な真似は……」

ナナ・シェトルはそこで言葉を切り、愕然とした顔でフィーを見つめた。

見つめられたフィーも、目をぱちくりさせる。

「おやおやおや、あなた何しに来たんです？　ナナ・シェトル」

「え？　うそ……フィー・メリー……姉様……なんでここに……」

二人の女はしばし見つめあい、フィーが先に口を開いた。

「あたしは魔術師ですからねえ、雇われて仕事をしてるだけですよ」

「お前たち、姉妹だったのか？　ナナ・シェトル嬢は教会の総主教の孫娘だろう？　お前もそうなのか？」

ヤトはかすかに驚きを見せて問う。

フィーは肩をすくめた。

「昔のことですよ。今のあたしはただの魔術師です。教会がらみの仕事をしたのは、それなりのお代を頂けたからですよ」

「姉様……ヤトさん……あなたたち、どういうつもりですか？　この国を滅ぼそうだなんて……本気で考えているんですか⁉」

ナナ・シェトルが声を震わせながら叫ぶ。そんな妹に手を伸ばし、フィーは一瞬で彼女を床に押さえ込んだ。

「ちょっと静かにしててくださいよ、ナナ・シェトル。騒ぎ立ててどうしようっていうんです？　あなた、なんにもできないじゃないですか。残念残念残念ですねえ」

嘲笑(あざわら)いながらヤトを仰ぎ見る。

「この子、どうしましょうか？　始末します？　別料金ですけどねえ」

ヤトはしばし思案し、押さえ込まれたナナ・シェトルの目の前にしゃがみこんだ。

「この国に何が起きてるか、知りたいですか？」

「あら、教えてあげちゃうんですか？」

「お前は黙ってろ。俺はナナ・シェトル嬢に聞いてる」

「はいはい、仰せのままに」

フィーはナナ・シェトルを放して両手を上げた。

そのやり取りを見上げ、ナナ・シェトルは起き上がって小さく顎を引いた。

「あなたは少し前に知ったはずです、この国はどうやって存在してきたのか」

言われ、ナナ・シェトルはまた頷く。

「ドルガー王が泉の悪魔と契約したことで、この国は成り立っている。だが――その契約はもう守られなくなってしまった。何故だか分かりますか？」

問われ、ナナ・シェトルははっと顔色を変えた。

「そう、王子殿下が妻にはできない女を溺愛しているからだ。分かってないのは当の魔女様だけですよ。あの人の恋愛経験値は皆無ですからね。今時の幼児の方がよっぽど発達してるでしょうよ。だから教会は焦って魔女様の命を狙ったし、王子たちは結婚をせかされている。何故なら、この国は王の直系の子が生まれなければ存続し続けられないからだ」

それは絶対的な事実だ。

それこそがリンデンツという国の根幹にあるものだ。

二百年前、ドルガー王が泉の悪魔と交わした契約だ。

恵みをもたらす代わりに、王の直系の子孫の魂を捧(ささ)げ続けると誓ったのだ。

「彼らは妻を持ち子をなし契約を果たし続けるという道を選ぶことができた。けれど、それを選ばなかった。彼らは何も選ばなかった。魔女様も、それを強要する道を選ぶことができた。だけど選ばなかった。彼らは何も選ばなかった。泉の悪魔はすでにこの国を見限りかけていた。だから俺は……そこに付け込んで、この国を滅ぼすことに決めたんです」

「どうして……あなたはこの国を滅ぼしたいなんて思ったの……」

ナナ・シェトルは蒼白(そうはく)な顔色で、零れ落ちるような問いを投げた。

「滅ぼそうとしてるだけで、滅ぼしたいわけじゃないですよ。こう見えて、俺は愛国者なんです」

「何をふざけたことを……」

「俺はいたって真剣ですよ。冗談で王子殿下にあんな呪いをかけるわけがない」

「あの呪いに何の意味があるっていうんです？　どうしてあれで国が滅ぶなんてことになるんですか？」

問い詰められ、ヤトは意外そうな顔をした。

「おや、分かりませんでしたか？　魔女様はすぐに分かったみたいですがね。まあ、簡単な話です。王子殿下が今すぐ子を作って泉の悪魔との契約を守る——ということができなくなるようにしただけですよ」

その説明を受け、ナナ・シェトルはさっと顔を赤らめた。

「子供が子供を作るのは無理だ。全てのものに怯える精神状態での性交渉も不可能だ。魔力性感覚障害は他人との接触が著しく困難だし、その感覚を持っていた人間が女を惹きつける瞳を受け継いだら地獄だろう。それに突然女になってしまった人間が男に欲情するのは難しい」

話を聞くうち、ナナ・シェトルは青ざめてゆく。

「それでも王子に無理やり子を作らせることができれば、悪魔との契約は守られる。

この国は救われる。だが……魔女様は国より王子を選ぶだろう。だからこの国に、はなから未来はない。きっかけを作ったのは俺だが、選ぶのは魔女様です」

「なんて……下卑たことを……」

ナナ・シェトルは吐き気がするとでもいうように顔を歪めた。

「失礼だなあ、俺は愛国者だと言ってるじゃないですが。この国を壊すと決めたが、救いたいとも思ってる。救う方法は簡単だ。魔女様を殺せばいい」

「……何のために？」

「魔女様が死ねば、使い魔の俺も自動的に死にます。王子殿下の呪いは解けるし、魔女様を忘れることができますよ」

当たり前のように言われ、ナナ・シェトルの表情はますます崩れた。

「あなたの言ってることが……分かりません。それではまるで、国を滅ぼすより、魔女様を殺すことの方が目的みたい……。それが本当の目的なんですか？　魔女様が死んだら、使い魔のあなたも死んでしまうのに……？」

「だからですよ。俺はもう、これ以上あの人に縛られていたくない」

「じ、自分で勝手に死ねば……いいのでは……？」

「悪魔憑きってのはね、なかなか死ねないんですよ」

ヤトはおどけるように両手を広げてみせた。

「自分が……死ぬためだけに……国を滅ぼそうというんですね」

「何度も言いますが、国を滅ぼそうとしてるだけで、滅ぼしたいわけじゃない。愛国者だって言ってるじゃないですか」

ナナ・シェトルは唖然とし、体を震わせながら絶望のため息をついた。

「……どうして私がこんなことに巻き込まれなくちゃならないの……」

「おかしなことを言いますね。あなたが勝手にここまで追いかけてきたんでしょう。帰りたければ帰ればいい。ここの居場所は内密にしてくださいよ」

「……私がしゃべったらどうなりますか？」

探るように確認する。

「さあ、どうなるだろう？　あなたの姉上の命が消えるかもしれない」

ヤトはおどけたように肩をすくめた。

「……分かりました」

「黙っててくれるんですね？」

「あなたのお味方をします」

「……何だって？」

ヤトは心底驚いた顔をした。

「スパイになります。あなたの望みを叶（かな）える手助けをします」

「……どういう心境の変化です？」

むろんヤトは疑り(うたぐ)の表情だ。

「……私はあなたの顔を知っています」

「……顔？」

「はい、私はリンデンツ聖教会の総主教の孫です。あなたの顔を知っています。あなたがどういう血筋の人間だか、おおよそ見当がつきます」

「ああ……なるほど」

「はい、だから姉や祖父があなたに協力する理由が分かります」

「だからあなたも俺に力を貸すと？」

「いいえ、そうじゃありません。力を貸す代わりに、お願いがあるんです」

「ふん？　なるほど、聞きましょう」

「この国を滅ぼさないでください。さっさと魔女様の命を取って目的を果たして」

「これはこれは……ずいぶん過激なことを言う」

「それともう一つ。私の家族を解放してください。国を危険にさらすようなことに加担させないで」

「家族というと……？」

ヤトの目がちらと小屋の端を向く。そこには鬼のような形相のフィーが立っている。

「ナナ・シェトル……あなた、あたしを愚弄してるんですか？」

襲い掛かってきそうな怒気を孕む姉を、妹はまっすぐ見返す。

「姉様……以前、姉様とおじいさまが手を組んで、魔女様の命を狙ったことは知ってるわ。それは国を救うためだったと聞きました。だけどこの計画は、国のためのものじゃない。だから姉様、これ以上手を汚すようなことは……」

「あはははは、確かにあたしはリンデンツ聖教会の依頼で、魔女様の命を狙いました。それは全部、この人が企んだことです。教会の人間が、この人に逆らえるはずはありませんからねえ。だけどあたしは、この人の血に跪いたわけじゃありません。正当なお代をもらって、自分の仕事をしただけです」

フィーはけたけたと笑い――突如憤怒の表情に変わる。

「だからあなたに口を出される筋合いはない！」

「……私がどれだけ頼んでもダメなの？」

「あたしにものを頼みたいなら、お金を持ってきてくださいよ」

ナナ・シェトルは思いつめたように俯き、ゆっくりと顔を上げた。

「ヤトさん……私と私の家族を死なせないで。そのためなら魔女様を売りますから」

もう姉のことは見ず、ヤトに向かって頭を下げた。跪き、床に頭をこすりつける。

「そうすれば、あなたが俺の味方になってくれると？」

「スパイになって、魔女様や王子殿下の情報を全部流します」

「なるほど……悪くないですね」

「冗談じゃないですよ！　あたしは反対です。協力者なら、あたし一人いればいいでしょう？　王宮の情報だって、あたしが手に入れてあげますよ」

険しい顔で詰め寄るフィーを、ヤトは楽しげに眺める。天秤に乗せた彼女らの行く末を、楽しんでいるかのようであった。

「お願いします、ヤトさん」

「……いいですね、あなたと取引しましょう。あなたが俺の味方になるなら、俺はあなたの家族を絶対に傷つけないと誓います」

その言葉を聞き、ナナ・シェトルは勢いよく顔を上げた。ほっとしたように息をつく。同時にフィーは忌々しげな舌打ちをした。

「頼りにしてますよ、ナナ・シェトル嬢。俺を裏切ったら、この女を殺します」

ヤトは柔らかく微笑んだ。

ナナ・シェトルは大きく身震いし、深々と頭を下げた。

「家族を守るためなら……何でもします」

第三章　魔女様と泉の悪魔

　それから三日が経った。

　その間吹雪はやむことがなく、国中を白く覆い隠してゆく。

「このままじゃ国中氷漬けになってしまう」

　ナユラは窓の外を見ながら呟いた。

「本当ですか？　魔女様」

　女官のナナ・シェトルが不安そうに聞いてくる。

「二百年与えられた恵みの代償だわ。契約は不当な形で破られようとしている。泉の悪魔が怒っているのよ」

　ナユラは暗澹たる思いで言葉を紡ぐ。そしてくるりと振り返り、そこに立っている五人の息子たちを見やる。

「あなたたちが心配することはないわ。私が必ず何とかする。だから安心して」

「どうするつもりなんですか？　母上」

ルートが真っ青な顔で聞いてくる。

彼は今、アーサーの体に魂が入っている。人の感情を感じ取る、アーサーの体にだ。雪に閉ざされようとしているこの国は、今恐怖の中にある。人々の恐怖心が、彼の体になだれ込んでいるに違いないのだ。いつもならナユラの近くにいればその声を閉ざしてやることもできるのだが、今のナユラは魔力を封じられていて何もできない。

「あの男の居場所さえ分かればいいのよ。簡単なことよ」

ナユラはにこっと笑ってみせたが、それが言葉ほどたやすいことではないということは分かっていた。

ヤトが本気で姿をくらませてしまえば、魔力を封じられたナユラに彼を見つけ出すのは不可能と言っていい。悪魔憑きである彼は人外の能力を持っていて、事実それでナユラの魔力を封じているのだ。

ナユラはあの男を百年縛りつけてきたが、彼が心から服従したことなど一度もないことはよく分かっている。

こうなる危険性はずっとあった。本当はもっと早く、彼を殺してしまうべきだったのだ。少なくとも、魔力を封じられたりする前に……

無意味な後悔にしばし身を浸していると、

「その方法がないから困ってるんだろうが」

とげとげしい声で言ったのはアーサーだった。おそらく現状、彼が最も怒っていた。ルートの体に魂が入っているせいで、彼は生まれて初めて魔力障害から解放されている。今までより格段に楽だろう。しかしそのせいで、兄のルートが苦しんでいる。そのうえ、ルートの瞳が持つ力を、今度はアーサーが手に入れてしまったのだ。

ルートの瞳には不思議な引力がある。女を惹きつけ心を惑わす不思議な力だ。そして同時に、人の欲望を際限なくぶつけられる力でもある。この力はルートの精神で制御されていたから成り立っていたのだ。繊細で不安定なアーサーの精神に、この瞳の力は重すぎる。過剰な愛や欲望や恋情は、人の心を打ちのめす。

それゆえ、アーサーを人前に出すのはルート以上に不安なのだ。

「先生、ずっと考えていたんですが」

幼い声が割って入った。子供になってしまったオーウェンだった。

彼の肉体は七歳くらいになってしまっているが、どうやら記憶や知識は大人の時のまま保っているようで、精神的には現状最も被害が少ないといえる。幼い脳でよくも大人の知性を保てるものだとナユラは最初驚いたが、思い返してみれば彼は幼少期から図抜けて高い知性を持つ人間だったのだ。

「泉の悪魔と直接交渉してみてはどうでしょうか」

オーウェンは幼い声でそんなことを言いだした。

「え？　悪魔と交渉？」

ナユラは思いもよらない提案に目を白黒させた。

「はい、ドルガー王と契約した泉の悪魔というのは、教会の地下深くにいるんですよね？　ドルガー王が二百年前そうしたように、私たちも悪魔と直接交渉してみてはどうでしょう？」

「え、いや、ちょ、ちょっと待って」

ナユラは混乱した。本当に、今まで全く考えもしなかったことだからだ。

オーウェンは構わず続ける。

「ドルガー王は、直系の子孫の魂を捧げると悪魔に約束したんですよね。それを、直系でなくてもいいとか、魂じゃなくてもいいとか、別の条件に変えてもらうよう交渉してみましょう。ぜひしてみましょう。これをせずしてリンデンツの未来はないと私は思います！」

オーウェンの口調はどんどん熱を帯び、興奮して顔が赤くなっている。

「ちょっとオーウェン……あなた、国を救うより悪魔に会いたいとか思ってるんじゃないでしょうね」

ナユラは口元を引きつらせて恐る恐る確かめる。

「悪魔に会うついでに国を救えたらラッキーと思います」

逆だろ！　とナユラは胸中で叫んだ。

「今更交渉なんて……できるとは思えないわ」

ナユラはため息まじりに答えるが、オーウェンは少しも引かなかった。

「やってみなければ分かりません！　事実ドルガー王は魔術師でも何でもないただの人間だったのに、悪魔と契約を交わしたのですから！　それにこちらにはジェリー・ビーもいます」

と、オーウェンは小さな手で弟を——いや、可憐な少女のスカートを引っ張った。

「え、僕？」

ジェリー・ビーはきょとんとする。

「ジェリー・ビー、お前は悪魔憑きだ。つまり、半分は悪魔の仲間ということだ」

繊細で配慮のいることを、オーウェンは気遣いのかけらもなくぶつけた。

「ふうん？　オーウェン兄様は僕のこと、仲間じゃないと思ってたんだ？」

妙に艶めかしい仕草で、ジェリー・ビーは首をかしげる。

「ちょっとオーウェン、なんてこと言うの！」

ナユラも思わず咎めた。

「そんなことはどうでもいいじゃないか」

オーウェンはナユラを無視して言った。

「お前が半分悪魔だろうが全部悪魔だろうがどのような生物であろうが、お前は私の弟で、私はお前を愛しているし、お前は私を愛している。それだけ分かっていればいいだろう？」

聞き返されたジェリー・ビーはしばし不愉快そうに口をへの字にしていたが、ふふんと笑って小さな兄を見下ろす。

「オーウェン兄様って馬鹿だよねえ。人間はほんと……愚かで醜くて救いようがない。だけど……僕は兄様の弟だからさ、ちょっとだけ特別にひいきしてあげるんだよ」

「それは当たり前だろう。お前は私たちのこと、大好きじゃないか」

オーウェンはえっへんと威張るように胸を張る。

「はいはい、大好きだよ、愛してる。まあそれはどうでもいいんだけどさあ、僕は他の悪魔と交渉なんかしたことないよ。生まれてすぐにこれを食べて融合しちゃったからさあ、悪魔のこととかなんにも知らないよ」

ジェリー・ビーは自分の胸を押さえてみせる。仕草に一々色気があるのは、いったいぜんたいどういうことか……

「お前は他の悪魔に会ったことがないのか？」

「ないよぉ。だって、あいつが悪魔憑きだってことも知らなかったもん」

つんと唇をとがらせて、ふてくされたような顔になる。

「ヤトのことか？」

「うん、あいつむかつくなぁ。喰っていい？」

「ああ、いいんじゃないかな。お前のご飯にするといいよ」

「二人とも、ちょっと不穏当な会話をするのはやめましょう」

　ルートが苦しげな顔で遮った。

　いつもならこういう話し合いは次男のランディが仕切るのだが、人格の変貌してしまったランディは、怯えるばかりで口を出す気配はない。

「あちこちからずっと……助けを求める声が聞こえるんです。寝ても覚めてもずっと聞こえる。天変地異を目の当たりにして、みんなが怖がっているんでしょう。私たちは、一刻も早く彼らを助けなければ」

　そこで彼はふらついた。後ろから怖い顔のアーサーがルートを支える。

「お前、黙ってろよ。寝てろ」

「大丈夫だよ、そんなに心配するな。お前が十八年耐えてきたことなんだ。私だって耐えられるさ。私の方が兄なんだから」

　と、ルートはアーサーの腕を押して一人で立った。

「オーウェン兄上の考えを試してみましょう。オーウェン兄上は魔術に関して専門家ですから、私たちよりずっと頼りになるはずです」

「待って、それを言うなら私の方が専門家よ！」

ナユラは思わず腕を突き出し、息子たちを遮った。

「危ないことを考えないで。悪魔の住処は普通の人が近づいただけで危険なこともあるのよ。教会の人間ならともかく……」

「ですが、上手くいけばリンデンツは助かります。交渉次第では、もっといい条件を引き出せるかも」

「何都合のいい妄想してるの。そんな簡単なことじゃ……」

「母上はここにいてください。私たちだけで行ってきますから」

「行かせるわけないでしょ！　私も行くわよ！」

「そうですか？　じゃあ、一緒に行きましょう」

にこっと微笑まれ、ナユラはまんまと踊らされたことを悟った。

ナユラと王子一行は、王宮の裏口から外へ出た。

外に出ると通りはすでに雪で埋め尽くされていて、王宮の周りを都の人々が取り囲んでいた。

「魔女を出せ！　この吹雪を起こしてるのは魔女なんだろ！」

「この国を滅ぼすつもりなんだな！　魔女を殺せ」

天変地異に怯えた人々が、詰めかけて叫んでいるのだった。

ナユラたちは彼らに気づかれぬよう王宮から離れて通りを進んでゆく。

「私が犯人だと思われてるの？」

ナユラはぼそっと呟いた。さすがに少しばかり傷つく。

いつもなら慰めてくれる王子たちも、あまりの寒さで言葉を発することができないらしかった。オーウェンが魔術で雪をよけ、細い通り道を作り、一同は吹雪の中を歩いてゆく。

リンデンツ聖教会は王宮から少々離れた場所にある。

少し前、ナユラはこの教会の地下に閉じ込められた。

王子たちの結婚の障害となる存在として、始末されそうになったのだ。

誤解は解けたはずだが、あれ以来ナユラはこの場所を訪れていない。

閉ざされた教会の扉を開けると、そこには大勢の司祭たちが集まって祈りを捧げていた。彼らの目の前にあるのは優美な女神像だ。その女神像に、彼らは必死の様子で祈っている。

扉が開かれたことに気づき、彼らは驚いて振り返った。そしてそこに立っているのが魔女であると気づき、驚きを超えて恐怖の表情を浮かべた。

「魔女様！　何故ここに！」

　叫んだのは先頭で祈っていたリンデンツ聖教会の総主教だった。

　王子たちが現れたというのに、彼らは魔女しか見ていない。

「この異常事態に、もちろんあなたたちも気づいていると思う」

　大勢に見られていることに吐き気を覚えながら、ナユラは話し始めた。

「も、もちろんでございます。この天変地異は……」

「リンデンツにもたらされていた恵みは失われたわ。恵みをもたらしていた悪魔との契約は破られようとしている。だけど、私はこの国を見捨てるつもりはないわ。この国に、再び恵みを取り戻したいと思っているのよ」

「なっ……まさか……契約が破られようとしているですと!?　それは……あなた様のせいなのでは……？」

　恐る恐る言われ、ナユラは心から総主教に感謝した。王子たちが結婚していないせいだ――などと言われなくて本当に良かった。

「そうね、全て私に責任があるわ。だから私はその責任を取るつもりでいるのよ」

　司祭たちの不安そうなまなざしが全身に注がれて、酷く居心地が悪い。

「……この国を思う気持ちは、私もあなたたちも同じだと思う。だからあなたたちは以前私の命を狙ったのよね？」

ぎくり――と、彼らの体が強張る。
「それは、私の召使にそそのかされてやったことだったんでしょう？」
強張ったまま、彼らはぶるりと震えた。
背後で、黙っていた王子たちが驚いた気配がした。ちょっと振り向くのが怖いなと
ナユラは思った。
「あなたたちが私の召使と繋がっていたことは知ってるわ。あなたたちは彼にそその
かされて私の命を狙ったのよね？　実は悪魔との契約が破られようとしているのも、
あの男の仕業なのよ。あの男はリンデンツを滅ぼそうとしている」
「なんですと!?　そんな馬鹿な！」
総主教は真っ青になって叫んだ。他の司祭たちにも動揺が広がる。
ナユラは少しばかり嘘を吐いた。あの男が本当にやりたいことは、おそらく国を壊
すことではない。彼が本当にやりたいのは……ナユラへの復讐だ。彼はナユラを殺し
たいのだ。ナユラを殺せば、彼は解放される。たとえ死んででも、彼はナユラから解
放されたいのだ。本当は、それだけを望んでいるはずなのだ。国を滅ぼすのはその手
段でしかない。
自分はどこから間違えたのだろうか……またそのことを考える。
多分最初から……最初から間違えていたのだ。その責任を、ナユラは取らなければ

ならない。

簡単なことだ。いざとなれば……自分一人の命を捧げれば事足りる。それが分かっているから、ナユラは落ち着いていられた。それでも必死に動いているのは、自分が死ぬ前にあの男が王子たちにかけた術を解かなければと思っているからだ。ナユラが死ねばヤトも死ぬが、それで呪いが解ける保証はない。死した後も残る呪いはあるからだ。この呪いを解くことはナユラにとって、この国の未来よりもずっと大事だ。

「全て本当のことよ。この事態を引き起こしたのはあの男だわ。私は主として彼を止めなくてはならないの。だから、あなたたちが今も彼と繋がっているなら彼の居場所を教えて。彼を連れ戻しさえすれば、私がこの天変地異を鎮めることができるわ」

王子たちにかけられた魔術を解くこともできるし、いずれ彼らがよい相手を見つければ、必ず子は生まれる。この国の王子の体はそのようにできている。そうなれば、悪魔との契約はこれからも無事結ばれ続けるだろう。

もっともそれは、王子たちがそれを望むなら——という前提の上に成り立っていることで、嫌がる彼らにそれを強要するという発想などナユラの中にない。だからさっさとこんなことは終わらせて、ステキな令嬢との心ときめく出会いの演出を……などと、ナユラの思考は明後日(あさって)の方へ飛び始める。

浮つき始めたナユラの思考を、総主教が遮った。

「魔女様……それが本当であれば、私たちはあなた様におすがりしたい気持ちです。ですが……我らはもう彼と繋がってはおりません。どこで何をしているか、我らはもう知らぬのです」

「そう……何か少しでも心当たりは……」

「ねえ、ナユラ。話が違うじゃん」

愛らしい声が突如会話を遮った。ジェリー・ビーが、雪をかぶった厚手の外套(がいとう)を脱ぎ捨てる。外套の下から出てきた美少女に、司祭たちは目を見張る。

「ジェリー・ビー殿下？　そのお姿は……」

「あのさあ、僕らあんな悪魔憑きの召使なんかに興味ないんだよね。そんなことより、泉の悪魔のところに連れてってよ。僕ら、そいつと話し合いがしたいんだけど」

「…………はい？」

総主教は目をぱちくりさせた。

「僕らはドルガー王の子孫だよ。悪魔との契約を結び直すことだってできると思うんだよね」

「は？　え!?　なっ……何をおっしゃって……」

「うるさいなあ……汚い声で喚(わめ)かないでよね。いいから僕らを、泉の悪魔のとこへ連れてってよ」

司祭たちはもう言葉もなく、茫然とたたずむばかりだった。

「あーもーこいつらじゃ話になんないよ。ナユラ、泉の場所に案内して」

「え!?　ちょっと待って、悪魔の住処に近づくのは本当に危ないから！」

「しかし先生、ドルガー王にできたことなら、私たちにもできるはずです」

隠しきれないわくわくを込めた瞳でオーウェンが。

「私もそう思います、母上。泉は教会の地下にあるとおっしゃいましたよね？」

「さ、さあ……私、そんなこと言ったかしら？　か、勘違いかも……」

ナユラは目を逸らして誤魔化そうとした。

「え？　母上は私たちに嘘を吐いたんですか？　嘘はいけないと教えてくれた母上が、私たちに嘘を？」

ルートが真剣な目でまっすぐ問いかけてくるので――

「嘘なんかつかないわ！」

思わずナユラは叫んでしまった。

「泉はちょうどこの足元にあったのよ。その上に教会を建てたの。私がそうするようドルガー王に教えたのよ。だからこの場所はちょっと小高いでしょ。泉は間違いなくこの教会の地下にあるわ。ちなみに王宮の地下とも泉のある場所は地下道で繋がってるわよ」

本当に自分はちょろすぎる。

「魔女様！　そのような秘事を易々と口外してはなりません！」

総主教が慌てて叫んだ。心から申し訳ない……

「よし、地下に急ごう！」

わくわくが止まらないオーウェンが階段に向かって走り出した。

「お待ちくだされぇえ！」

「誰も止めないでくれ。全ては国を救うためだ」

頭を抱えてわめく彼らを置き去りに、王子たちはナユラの手を引いて勢いよく地下へと下りてゆく。

「ねえ！　本当に危ないのよ！」

ナユラが止めようとしても王子たちはまったく足を緩めることなく、無力なナユラを引きずってゆく。

深い階段を下りてゆくと、大きく頑丈な扉が現れた。

「鍵がかかっているのでしょうか？」

オーウェンの小さな手が扉に触れると、扉はひとりでに開く。

「歓迎……されている？」

扉の内側にそっと足を踏み入れると、石で覆われた広い部屋に出た。ぼんやりと床が青く光っていて、静謐な空気が満ちている。

「ほら、横の扉をくぐれば、王宮の地下と繋がる地下道があるわよ」

部屋の片隅を指す。

「じゃあそこから来ればよかったじゃん」

「教会の人たちに挨拶もしないで勝手に入っちゃ悪いでしょ」

「それもそうですね」

王子たちは興味深そうに部屋の中を見回した。

部屋の奥に、むき出しの地面と、ぽこぽこと音を立てて湧く泉があった。大きさは人が十歩歩くほどの直径で、湧いた水はどこへ流れているのか……よく分からない。

「めっちゃ泉あるじゃん！」

ジェリー・ビーが指さした。

「そりゃあるわよ」

「あんなちっぽけな泉がこの国を支えてるの？」

信じられないという様子だ。

「はあああああ……素晴らしいですね」

オーウェンが感動に声を震わせて駆け寄る。

「ああ！　危ないったら！」

ナユラは慌てて彼の幼く小さな体を引きとめた。

「ここは……あまり長居しない方がいいのでは……」

ルートが苦しそうな声で囁いた。

「そうだよねー、あの泉ちっぽけなくせにやばい感じするよねえ。あの中に、すごい力の塊があるの、分かるよ」

「だから最初から言ってるでしょ！　人間が近づいていいような場所じゃないのよ」

「でも、先生はドルガー王に泉の悪魔と契約させたのですよね？　それもかなり危険なことだったのでは？」

「あのころ私はとがっていたから！」

若いころの過ちをほじくり返されて、穴があったら入りたい気分だ。

「とにかく、泉の悪魔は人間と交渉した経験があるのですよね。私たちの声にも応えてくれるかもしれません」

彼はわくわくが行き過ぎて、放っておいたら泉に飛び込みそうな勢いだった。

「悪魔と交渉するって、そんな簡単なことじゃ……」

ナユラがたしなめかけたその時、ジェリー・ビーがポケットに入っていた硬貨を泉に向かって投げ込んだ。ぽちゃんと小さな水音がして、硬貨は水底に沈む。

「え？　何？　あなた今、何投げた？　何投げたの？　お金を投げた？　なんで？」

ナユラは困惑して泉に駆け寄り覗き込んだが、暗い水底には何も見えない。

「なんでって……お布施？　悪魔が出てくるかなって思って」

「いや、そなたが落としたのは金貨か？　銀貨か？　とかならないから！」

「銅貨だよ」

「そんな正直、今いらないわよ！」

頼むから変なことして悪魔を刺激しないでくれ！

「反応ないなあ……ねえ、泉の悪魔。そこにいるの？　僕はお前のお仲間らしいよ。ちょっと出てきてよ」

ジェリー・ビーはナユラの隣に立って、泉を見下ろした。

「え、無視するの？　何それ、やなヤツ。引きこもり？　人間が怖いの？　うちの引きこもり王子と同じじゃん、だっさー」

「ジェリー・ビー、てめえ……」

離れて警戒していたアーサーが唸るように言った。

「ねー、ナユラ。こいつ全然出てくる気配ないよ」

「だから交渉なんてそんな簡単にできないのよ。もう戻りましょう、あんまり長時間いるの、よくないわ」

ナユラは王子たちを泉から引き離そうと腕を引っ張った。

「先生は、この泉の悪魔に会ったことがあるんですか？」

「ええ、これでも魔女ですから、数えきれないほどの悪魔と会ったことあるわよ。北の森は悪魔の住処だったもの。この泉の悪魔は強い力のある悪魔だと思ったから、ドルガー王に契約方法を教えたのよ」

「なるほど……泉の悪魔は知性のある悪魔なのですね。ドルガー王ときちんと交渉できていたということは……ドルガー王に好意を持ったということでしょうか？　気に食わなければ、契約なんてしないでしょうから」

オーウェンがそう推測したその時、泉の水が揺らいだ。

ごぼごぼっと音を立てて吹き出し、生き物のようにうねり、こちらに向かってくる。

「ちょ……逃げるわよ！」

ナユラが血相を変えて叫ぶと同時に、王子たちはナユラを引っ張って走り出した。

地下室を出ると勢いよく扉を閉め、もう追ってこないと分かり息をつく。

「何あいつ！　やっぱやなヤツ！」

「悪魔は何に気分を害するか分からないのよ！　だから危ないって言ったでしょ！」

「悪魔との交渉は失敗したということでしょうか？」

オーウェンがしょんぼりと肩を落とした。

「最初から期待はしてなかったわよ」

ナユラはため息をつき、階段を上り始めた。後ろから王子たちがついてくる。

頼むからこれ以上無茶をしないでくれとナユラは切に願った。

彼らに何かあっても、今のナユラは彼らを守ってやれないのだ。

「母上……確認しておきたいんですが、仮に僕が今すぐ子を作ったら……悪魔との契約はこれまで通り継続されることになりますか？」

突然聞かれてぎょっとする。

立ち止まって振り返ると、すぐ後ろにいたルートが真剣な顔でこちらを見ていた。

「……契約上はそういうことになるでしょうね。だけど……それはとても難しいわ」

「どうしてですか？」

即座に聞き返され、ナユラは渋い顔でどう答えたものかと考え込む。

「魔力性感覚障害を持つ人間は……その……なんというか……男女のほら……あの、その、ええと……男女の……むにゃむにゃを……苦痛に感じやすいのよ」

考えた末、どうにか説明したが顔が赤くなってしまう。

「むにゃむにゃって何だよ」

アーサーが不愉快そうに言った。

「つまり今のルートは魔力障害を持っているから、男女のほにゃららはとても難しい状態なの。相手のいろんな感覚を全部受け取ってしまって、途中で吐いたり気絶したりするかもしれないわ。そもそも私はあなたたちに、男女のごにょごにょを無理にさせるつもりなんかないわよ。そういう男女のなんとかかんとかは、きちんと手順を踏んで好きになった人とするべきでしょ」

真っ赤になりながら力説する。

「まあねー、僕だって、ブスで馬鹿でキモイ男なんかに抱かれたくないもん」

愛らしい少女の顔で、ジェリー・ビーが言った。

率直な表現に、ナユラはますます顔が赤くなる。

「そ、そういうことよ。だからあなたたちはそんなこと考えなくていいの。とにかくヤトを捕まえさえすれば、私が魔術でどうにでもしてみせるんだから。悪魔と交渉するよりそっちの方がよっぽど有効よ。今度こそ私の言うこと聞いてくれるわね?」

「でも先生、交渉は何度か試みた方が……」

「あなたは悪魔に会ってみたいだけでしょ!」

そこで六人は地上に出た。

司祭たちが祈りを捧げていた部屋に戻り、そして——愕然と凍り付いた。

司祭たちは、全員床に倒れ伏していた。

「ちょっと……何事!? まさか寒さで!?」

ナユラは近くに倒れていた総主教に駆け寄った。

「まさかまさかですよ」

聞き覚えのある声が、ナユラの足を縫い留めた。立ち止まり、振り向く。

女神像の台座の上に、一人の女が立っていた。見覚えのある女だ。季節外れの変わった格好をした女――かつてナユラの命を狙ってきた、魔術師のフィーと名乗る女だった。

「お久しぶりですねえ、魔女様。またお会いできて嬉しいですよ」

フィーはにいっと笑った。

「あなたが……やったの？」

「ああ、この人たちですか？　ええ、魔女様を仕留めるの手伝ってほしいってお願いしたら、邪魔しようとしてきたんですよねえ」

フィーは腕輪を連ねた手首を振った。じゃらじゃらと金属の音がする。

「あなたは彼らに雇われて私を狙ったんじゃないの？　依頼主にこんなことをして、どういうつもり？　お金で動くんじゃなかったの？」

突然の謀反はいったいどういう事情によるものなのか……そもそも、ナユラは教会がどういうつてで彼女を雇っていたのかも知らない。ナユラが教会に捕まった時、フィーはいつの間にか姿を消していたのだ。

「あは、あたしはいつだってお金で動いてますよ。あたしの本当の依頼主はこの人たちじゃなくて……魔女様、あなたの召使ですからねえ」

　その告白に、ナユラは度肝を抜かれた――が、一瞬で納得できた。

「ヤトが……？」

「そうなんですよねえ、あたしの依頼主はヤト様です。秘密主義な人ではありますけど、金払いのいい依頼主ですよ」

　フィーがからりと笑った時、ナユラの足元に倒れていた総主教が顔を上げた。

「あれえ？　まだ意識があるんですか、自分が何をしているか分かっておるのか……」

「フィー・メリー……お前……自分が何をしているか分かっておるのか……」

「え、おじい様？　あなた……え!?」

　ナユラはフィーと総主教を交互に指さした。

「ああ、あたしはその人の孫なんですよねえ」

「……孫って……え、じゃあああなた、まさか、ナナ・シェトルの……」

「ああ、あれはあたしの妹ですねえ」

　ナユラはまた驚かされた。

「あなた、教会の身内だったのね……」

「あれれ？　この辺の話に興味あります？　そんな大した話じゃありませんよ。確かにあたしは教会の身内です。ヤト様が教会をそそのかして、教会が身内のあたしをヤト様に紹介した。あたしが雇われた経緯なんてそれだけですよ」

アハハと彼女は笑った。身内を、こんな風に傷つけておいて。

「彼らはあなたの家族なんでしょう？　それなのに、こんな酷いことを……」

「だって邪魔するから、しょうがないじゃないですか。というか、なんで身内だったら傷つけちゃいけないってことになるんです？　身内じゃなければ傷つけてもいいんです？」

小首をかしげられて、ナユラは狼狽えた。

人を傷つける——などということに関して、ナユラほど経験を積んだ者もそうはいないだろう。

「ヤト様は教会と手を切りました。だからあたしも依頼主に従って、教会とは手を切りました。身内を大事にしたところで、金の生る木が生えてくるわけじゃありませんしねえ」

フィーはばかばかしそうに肩をすくめる。

「血の繋がったあなたの家族でしょう」

「ええ、生まれつき魔力が強いってだけで異端扱いして隔離するような家族ですよ。ステキな繋がりですよねえ。なーんの力もない妹は、自由にのびのび過ごしていたっていうのにねえ」

彼女の瞳に初めて見る怒りの色が浮かんだ。

「それは違う！」

総主教は起き上がりながら叫んだ。

「教会の血縁者は……悪魔の影響を受けやすいのだ……魔力が強く生まれた者は、成長して安定するまで隔離しなければ危険が及ぶのだ……だから……」

「そんなこと分かってるんですよねえ。あたしはただ、自分が持って生まれた力を好きなように使おうと決めただけです。無力な妹とは違うんです」

と、そこでフィーは再びナユラに向き直った。

「魔女様、あたしの依頼主はあなたの死をお望みです。魔力を封じられたあなたなら、あたしの手でも殺せますよ。大事な王子様が傷つくところを見たくなければ、おとなしく死んでください。そうすれば、ヤト様はこの国を滅ぼすのをやめると言ってますしね。まあ、あたしはこの国の行く末に興味なんてないですけどねえ」

言って、フィーは片腕を持ち上げた。腕輪がジャラジャラと鳴る。

火花が散り、手のひらに巨大な炎が燃え上がった。

「動かないでいてくれれば、他の人は燃えませんから……ねっ！」

と、フィーは腕を振った。火球がナユラに襲い掛かってくる。

反射的に口笛を吹き——しかし魔術は使えないのだとすぐに思い出す。

「ねえ、お前……調子に乗るのやめなよね」

甘やかな声とともに、愛らしい少女が前に出た。

ジェリー・ビーがナユラの前で、火球に手を伸ばす。火球は少女の華奢な手のひらに、一瞬で呑み込まれて消えた。

「ふふっ……お前の魔力はブスで馬鹿な人間にしては、けっこう美味しくて好きだよ。また、喰ってあげようか？」

妖しく舌なめずりする。

「僕がいるのに、なんでナユラを殺せると思ったのさ」

「逆に聞きますけど、なんであたしが何の計画もなくここに突っ込んできたと思うんですか？」

フィーは首を傾げ、ズボンのポケットから小瓶を取り出した。

「王子様、あなたの力は人を喰うことに特化してて、人を守ることには使えそうにないんですよねえ」

彼女は魔法陣の描かれた小瓶のふたを開け、中の液体を一滴床に垂らす。

じゅっとひりつく音がして、煙が生じる。

「だから言ったじゃないですか。魔女様さえおとなしく死んでくれれば、大事な王子様は傷つかないって」

漂ってきた煙の臭いに、ナユラはぞっとした。

「吸っちゃダメ！　毒よ！　すぐ外に出て！」

叫びながら王子たちの体を押す。

床には大勢の司祭たちが倒れている。が、彼らを助ける余裕はない。

ナユラは彼らを切り捨てて、教会の扉を開こうとした。しかし、扉は固く閉ざされて開かない。

「だめ、なんですよねえ」

女神の台座の上で、フィーは笑った。

「やめなさい！　王子が全員死ねば、悪魔との契約はもう絶対に果たせなくなるわ。この国は本当に終わるわよ！」

「ふふふん、それって実は、嘘ですよねえ」

「嘘なわけが……」

「だってまだ、王様本人がいるじゃないですか。病気の王を、あなたは十年前に眠らせてますよねえ。それって、王子様に万が一のことがあった時、新しい王子を産ませるためじゃないんですか？　酷い人ですねえ、魔女様」

「ちが……」

言い返そうとするが、上手く言葉が出てこない。

　自分が酷いのは本当だ。

「まあどうでもいいですけど、それじゃあ今度は避けないでくださいねえ。避けたら王子様が全員死んじゃいますよ」

　毒の瓶を傾けながら、フィーは再び火球を生んだ。

「それじゃあ……」

　二発目の火球を放とうとしたその時、女神像の台座がひび割れ、そこから植物の根が伸びてきた。根は驚くフィーを縛り上げ、宙づりにする。

「先生、どうでしょう？　最近はマンドレイクが好調です。かなり上手くできたと思うんですが」

　オーウェンが目を輝かせて言った。小さな手のひらに羽ペンで魔法陣を描き、それを発動させたのだ。

「兄上！　こっちを！」

　ルートが閉ざされた扉を叩いた。すると今度は扉の下から根が突き破って飛び出し、扉をあっという間に壊してしまう。凍てつく吹雪が流れ込んできて、毒の煙を散らした。

「ふう、これでどうだろうか？」

「さすがです、兄上」

弟に褒められたオーウェンは、幼い顔でにまにまと嬉しそうに笑った。

「あらら……捕まっちゃいましたねえ」

縛り上げられたフィーは苦笑いしている。

「王子様、魔術を使うのけっこう上手じゃないですか」

笑いながら、彼女の首筋には季節外れの汗が流れた。

「ふん、僕だってお前をやっつけるくらいできるさ」

ジェリー・ビーがすねた顔でフィーに近づいてゆく。

「これ、食べていいよねえ？」

「うん、いいんじゃないか？」

「大事に食べるんだぞ」

「さっさと喰っちまえよ」

「あ、ああ……気をつけて食べるんだぞ」

兄たちは口々に賛同した。

「ちょっと待ちなさい！　殺しちゃだめよ！　生気をちょっと吸うだけにして」

ナユラはぎょっとして言った。

「ええ？　全部食べてもいいでしょう？」

愛らしくおねだりされ、うっかりいいよと言ってしまいそうになる。それをこらえて首を振った。

「殺しちゃだめよ。人の領域にいられなくなっちゃうわ」

「そんな甘いこと言ってるから、こういうことになるんじゃないのぉ？」

「それでもダメ」

言い合っているナユラと王子を見て、フィーはくっと笑った。

「魔女様……ドルガー王の子孫はそんなに可愛いですか？」

ぴたり——と、一同の動きが止まる。

「ドルガー王のこと、今でも好きなんですよね？　好きな人に頼まれたから、願いを叶えてあげたんですよね？　ドルガー王の望む力を与えてあげたんですよね？　あなたのおかげでこの国は発展して、多くの国民が生まれて、とても豊かになった。ぜーんぶあなたがこの国にもたらしたものです」

この女は何を言おうとしているのだろうかとナユラは怪しんだ。

「ねえ、魔女様……この女神像をご存じです？」

フィーは根っこに縛られたまま、傍らの女神像を見やる。

「……ただの像でしょ」

「綺麗（きれい）な女神ですよね。あたしは小さい頃からこれを見て育ったんですよ。この像はねえ、二百年前にドルガー王が北の森で出会った女性を模して造られたって伝わってるんですよ。リンデンツに恵みをもたらす女神だって」

ナユラはそれを聞いて固まってしまった。女神像を凝視する。記憶をたどって模したであろうその女は……誰にも似ていない。

ナユラは思わず、女神像の背後を見上げた。

そこには歴代国王の肖像画がかけてあり、その中央にひときわ大きな絵がかけられている。しかし、その絵にだけはカーテンがかかっていて、中を見ることはできない。

そこに描かれているであろう男の姿を思い出し、ナユラは苦々しげに顔をしかめた。

最も重要な位置にある肖像——英雄と呼ばれたドルガー王の肖像画だ。偉大なる王の、その肖像を見ることは許されておらず、ただ女神像と重なるように掲げられている。

「ドルガー王にとって、その女は特別な女神だったんでしょうねえ。だけど……あたしは子供のころからその女神像が、大嫌いだったんですよ」

フィーは縛られた手を持ち上げて、耳飾りを引きちぎった。

それと同時に、耳飾りは激しい火花を発して破裂する。すさまじい音と衝撃——それが過ぎると、木の根はずたずたに引きちぎれて、フィーの姿はなくなっていた。

「フィー・メリー！」

総主教が叫んだが、返ってくる声はなかった。

粗末な小屋の中で、ヤトは木箱に座っていた。

部屋の片隅では、ナナ・シェトルが膝を抱えて蹲っている。

二人の間に会話はなかった。あるのは重たい沈黙だけだったが、その重みを持て余すほど彼らは互いへの情を持ってはいなかった。

静まり返った部屋の中、ヤトは不意に立ち上がった。その直後、小屋の真ん中で火花が散り、その輝きの中から一人の女が落ちてきた。

どさっと床に落ちたのは、全身に傷を負い血だらけになったフィーだった。

「姉様!?」

ナナ・シェトルは数時間ぶりに声を発し、姉に駆け寄った。

姉のそばに膝をつき、しかしどうすることもできずおろおろする。

「姉様！　姉様！」

「失敗したのか？」

ヤトがナナ・シェトルの隣に立ってフィーを見下ろした。

「……うるさいですね……」

フィーは薄く目を開け、苦々しく吐き捨てる。

「姉様！　いったいどうなさったの？」

「……捕まるよりはましだと思いましてね」

言いながら、ゆっくりと体を起こした。

「ナナ・シェトル、あなたが言った通り、魔女様と王子殿下は教会に現れましたよ。本当に情報を流したんですねえ。あたしはあなたが嘘を吐いてるかもって思ってたんですけどねえ」

「……嘘なんかついてないわ」

ナナ・シェトルは苦しそうな顔で言う。

「家族を守るために――ですか？　ばかばかしいですねえ」

「何がばかばかしいの！」

「あなたの守りたい家族なんてもういませんよ。ついさっき、あたしがこの手で殺してきました。おじいさまもお父様も、毒に苦しんで死にましたよ」

冷え冷えとする声で告げられ、ナナ・シェトルは放心した。触れれば割れそうな瞳で姉を凝視したまま凍り付く。

その瞳をしばし見返し、フィーはふいっと横を向いた。

「馬鹿ですねえ……ただの冗談ですよ」

「何を……言ってるの……」

「あはは、あなたはすぐに騙（だま）される！」

「何が可笑しいのよ！」

ナナ・シェトルは喉から血が出るほど叫び、姉の襟首を引っ張った。

「あなたが怒鳴るの……珍しいですねえ……」

「……私を馬鹿にして楽しいの？」

「……馬鹿にしてるわけじゃありません。ただ、あたしに構わないでほしいだけです。さっさとお城に帰ってくださいよ。あなたなんか、何の力もないんですからねえ」

嘲笑われ、ナナ・シェトルは傷ついたように顔を歪めた。

「……姉様が私を嫌ってるのは分かってるわ」

「別にいいじゃないですか、あたし一人に嫌われたって。あなたは周りの人に愛されて自由にのびのび生きてきたんですから。あたしだって好きで魔術師になったわけじゃないんですよねえ。こんな魔力持って生まれたら、これ以外の生き方なんてないじゃないですか」

「私だって……好きで自分に生まれたわけじゃない！」

怒鳴られ、フィーは目を丸くする。

「おかしなこと言いますねえ……自分の何が不満です？」

「私は……いつだって人の頼みを断れない。自分の意見なんて言えない。人の言いなりになってばっかり……」

「よく言いますねえ、こんなところに押しかけて、居座って、あたしの言うことなんか一つも聞かなかったじゃないですか。ねえ、ナナ・シェトル……あたしがあなたを嫌いなんじゃない。あなたがあたしを嫌いなんですよ。それなのにあたしを助けたい？　あなたはほんと……立派な偽善者ですよねえ」

「……姉様がそう思うならそうなんでしょうよ」

そこで姉妹は口を閉ざした。視線の交わるところから血が噴き出しそうだ。

「なあ……痴話喧嘩（ちわげんか）はその辺にしておけよ」

ヤトが呆れ声で口をはさんだ。フィーがじろりとヤトを見やる。

「痴話喧嘩って言葉の意味、知ってます？」

「さあね、俺はしたことがない」

「魔女様となさっては？」

「はは、痴話喧嘩って言葉の意味を知ってるか？」

「それはお気の毒様ですねえ」

フィーは嫌味っぽく唇を歪めて笑った。

「怒ったか？」

「あなたを怒る権利なんて、私にあるわけありません」

「俺の血を慮（おもんぱか）って？」

「もちろん、あなたが金払いのいい雇い主だからですよ」

「なるほど、お前は本当に醜い女だ」

ヤトは満足そうに笑った。

「まだ俺に雇われる気はあるんだな？」

「最後までお付き合いしますよ。お代をちゃーんといただくまでね」

言って、頬をこする。全身の皮膚が切れただけで、どれも致命傷ではない。血はとっくに止まっているし、すぐに治るだろう。自分の術の反動で大怪我をするほど馬鹿ではない。

「だけど……あの王子様は思ったより厄介ですねえ。さすが魔女様に手取り足取り魔術を仕込まれただけのことはあります」

フィーは忌々しそうに呟く。

「あの王子たちは、魔女様が三百年の間で唯一愛した人間だからな」

ヤトは皮肉っぽく口角を上げた。そんな彼を見上げ、フィーはその鼻先を指さした。

「逆に聞きますけどねえ、ヤト様。あなたは本当に魔女様を殺したいんですか？」

「どういう意味だ？」

フィーはヤトの顔を指したまま続ける。

「あたしだって教会の主教の家系に生まれた娘です。小さい頃からあの教会を知ってます。あの教会をよく知る者なら、教会に誰の肖像画が掲げられているのか知ってるんです。だからあたしたちは一目であなたが何者だか理解できた。だから教会の主教たちはあなたの口車に乗ったし、あたしはあなたに雇われた」

「それがどうした」

「あなたがどれほど魔女様を憎んでいるか、あたしだって簡単に想像がつきます。国を滅ぼしたい気持ちだって分かります。なのに……どうして百年以上も魔女様に仕えていたんです？」

フィーはヤトの顔を指した指を下ろさない。皮膚を破って、内側に渦巻く感情を引きずり出そうとでもいうように。

「……魔女を殺しに行ったら、返り討ちにされて使い魔にされてしまったからだな」

「北の森の魔女は自分を狙ってきた人間の命を数えきれないほど奪ってきたと聞きますよ。どうしてあなたは生かされたんでしょうねえ。罪悪感があったんでしょうかねえ。それとも……殺せない理由があったんでしょうかねえ？」

「……そんなことを今更どうして聞く？」

「あなたは金払いのいい雇い主ですが、秘密主義が過ぎますからねえ。騙されて利用されるのはごめんなんですよ。前だって、魔女様の魔力が発動する条件をなかなか教えてくれませんでしたし……ちゃんと、魔女様を殺すつもりがあるんですよねえ？」

再度確認され、ヤトは答えようと口を開き、しばし考え込んだ。

「ある……はずだ。俺はあの魔女を憎んでいるんだから」

「あるはず……ねえ」

フィーは疑わしげに繰り返す。

「まあいいですよ。あたしは依頼主のお望みどおりに働くだけです。魔女様を殺した後になって、やめとけばよかったなんて言わないでくださいよね」

「あいつ、またナユラを狙ってくるのかなあ」

雪の道を王宮に戻りながら、ジェリー・ビーが言った。

「そうね、来てくれた方がいいわ。捕まえればあの男の居所を吐かせられるし」

「逃がしたのが痛かったな」

アーサーが腹立たしげにぼやく。

六人は行きと同じく雪の道を通り、王宮へと帰り着いた。すると、それに気づいた女官たちが慌てふためいて駆けてきた。

「殿下！　魔女様！　大変ですわ！　陛下が……国王陛下がお目覚めになりました！」

歓喜の涙を流しながら言われ、ナユラと王子たちは一瞬意味が分からなかった。

「な……本当なの？　陛下が、エリック様がお目覚めになったの!?」

「はい！」

強い確信を込めて頷かれ、ナユラと王子たちは同時に走り出していた。

国王エリックは、十年前に病で死にかけていた。

彼の妻となったナユラは、そんな彼を魔術で眠らせ、今までずっと命を繋ぎとめてきたのだ。

その彼が——目を覚ました!?

六人は全力で廊下を駆け抜け、国王の眠る塔の最上階に駆け上がった。

乱暴に扉を開けて部屋に駆け込むと、いつもなら奥の寝台に横たわっているはずの男が身を起こしていた。

「……エリック様」

「……魔女殿？」

国王エリックは、かすれた声で呟いた。

ぼんやりしていて、あまり状況が呑み込めていない感じだ。

ナユラはエリックに駆け寄った。

「エリック様！　お目覚めなのね？　気分はどう？」

その後ろから、王子たちが困惑気味に近づいてくる。

そんな息子たちを見て、エリックの瞳に生気が宿った。

「オーウェン……ランディ……ルート……アーサー……ジェリー・ビー……」

十年前に比べてすっかり成長してしまった——どころか、まともな状態ではなくなってしまった息子たちを、エリックは見誤らなかった。

「父上……ご気分はいかがですか？」

ルートが優しげに聞くと、エリックは怪訝な顔をする。父の困惑を察し、ルートは隣のアーサーを引っ張って並んだ。

「私はルートです。こっちがアーサーです。今はちょっと……母上の……魔女様の関係で色々あって、私とアーサーは魂が入れ替わっています。父上が眠ってから十年が経ち、色々なことがありました。ですが、父上は何も心配しなくて大丈夫ですよ」

ルートは精いっぱい父を気遣った。ルート以外の四人は、十年ぶりの父とどう接したらいいのか困っているようでもあった。

そんな彼らのやり取りを見ながら、ナユラは全身から嫌な汗が噴き出していた。

エリックが……目覚めた。目覚めてしまった。まずい……もう間に合わない……

一人表情をこわばらせていると、エリックがこちらを向いた。

「いやー、びっくりだな魔女殿！　十年経っても全然姿が変わってないじゃないか、マジびっくりだ！」

顔面を指さされ、ナユラは目を点にした。

「私は老けたのか？　寝てる間、化粧水とかつけてくれてたんだろうな？　寝て起きたらお肌かっさかさとかたまらんぞ」

あっはっはと笑いながらパタパタ手を振る。

「エリック様……十年ぶりの親子の再会なのよ？　もう少し父親の威厳とか考えてくださる？」

ナユラはひきつった笑顔で訴える。エリックはまたあっはっはと笑った。

「そんな最初からないもの、逆さに振っても出てくるわけなかろう」

「そんなことは百も承知だけれど、息子の前ではがんばって格好いいとこ見せてくださる!?」

目を吊り上げたナユラを見上げ、エリックは瞠目した。

「魔女殿……しばらく見ない間に、ずいぶんといい女になったな。母親の顔をしてるじゃないか」

たちまちナユラはぽっと頬を染めてにやけた。

「え、ほんと？」

「ああ、私の最愛のハニーには遠く及ばないがなあ」

またあっはっはと笑う。

「なあ、お前たちももっとこっちに来ておくれ。十年ぶりの息子を抱きしめたり撫でまわしたりキスしたりさせておくれよ」

エリックは距離を保っている息子たちを手招きした。

「え、キモ……」

ジェリー・ビーがのけぞる。

「気色悪いこと言うんじゃねえよ、父上」

アーサーもドン引きしている。

「まあまあ、父上はこういうお方だったし……」

ルートがとりなすが、やはり表情はひきつっている。

「しかたがないな、私が父上に撫でまわされてこよう」

オーウェンは通常運転だ。

その隣でランディが怯えて震えている。

「なんだ、冷たいな息子たち。もっと甘えて泣きついてくるとかせんか！　お父様はお前たちと会えてこんなに嬉しいのに！」

エリックはばしばしと寝台を叩く。

息子たちはさらに引いた。今度はオーウェンも引いている。

　十年前からエリックはこういう人だったが、久しぶりに会うとやはり破壊力がすごい。魔女を妃にすると決意するような男はものが違う。

「はあ……息子に冷たくされてお父様は傷心だ。こんな冷たい息子はもう知らん。魔女殿、せっかくだから夫婦二人きりで話をしよう。な？」

と、彼は傍らにいるナユラの手を握った。

「あら、いいわね」

　ナユラはにこっと笑ってその提案を受けた。

「ほらほら、お前たちはあっちに行っておれ」

　エリックはぷんぷんすねたような顔で息子たちを追い払う。

　王子たちは顔を見合わせ、素直に頷いた。傍若無人で万年反抗期の彼らだが、昔から父親にだけは従う。

　王子たちが部屋を出ていくと、ナユラとエリック二人きりになる。

　厄介な息子の父親は、息子以上に厄介なのだ。

「いやいやいや……何が起きてるんだ？　わけが分からないぞ？」

　エリックは開口一番言った。

「一番大事なことを聞かせてくれ、王子たちの結婚は……？」

「まだ、誰も結婚してないわ」

「……ということは子供も？」

「結婚してないのに子供がいるわけないでしょう？」

「……そうか……いや、マジでヤバいではないか!?　どうなるんだリンデンッ！　泉の悪魔が激怒するぞ！」

　エリックは頭を抱えてわめいた。

「言いにくいけど、泉の悪魔はもう怒ってるわ。私の召使がその原因なんだけど……とにかく今、ちょっと面倒なことになってるの」

　ナユラはこれまでのことをかいつまんで説明した。

　全部聞き終えると、エリックは寝台にばったり倒れこんだ。

「……まずいどころの騒ぎじゃないだろ！」

「そう、まずいどころの騒ぎじゃないのよ」

　エリックは勢いよく起き上がる。

「我が恐ろしき魔女殿よ！　眠りから覚めてしまったということは、私はすぐに死んでしまうのだろう？」

　彼は平気で己の死を口にした。その顔に、恐怖の色はない。彼が死を恐れていないことは知っている。その向こうに、最愛の亡き妻がいるからだ。

「ええ、もう長くはないはずよ」

「私が死んだら、すぐに次の王が即位する」

「ええ、その日のうちに即位しなくちゃいけないわ。そしてすぐに……」

「子を作らなければならない」

「ええ、世継ぎがいない状態は悪魔との契約に反するもの」

十年前、ナユラはエリック王を眠らせて時を止めた。

彼が死んだら、すぐに王子を即位させて子を作らせなければならなくなるからだ。

しかし当時の王子は一番年上の者でもまだ十三歳。それはあまりに早すぎる。

この二百年の間、幼くして即位して子をなした王は何人かいた。しかし、ナユラもエリックもそれを王子たちに強いたくはなかったのだ。だから、王子たちが大人になるまでエリックを死なせるわけにはいかなかった。

「まさか十年経ってもこの問題が解決していないとは……魔女殿！　きみはいったい何をやっていたんだ！　色気満々な女たちを閨にバンバン送るとか！　色々方法はあっただろう！」

「あの子たちにそんないやらしいこと、させるわけないでしょ！」

「愛なんて体の後からついてくるものだろ！　ジェリー・ビーは今……十五歳か。その上はええと……もう十八だろう？　ランディは二十歳、オーウェンに至ってはもう……二十三じゃないか！」

エリックは指折り数えて嘆き始める。

「十五から二十三の男なんて、一日中スケベ心と戦っているようなものだろ！　それがどうして一人も相手を見つけてないんだ！　世界の半分は女だというのに！」

「……相手の女の子の気持ちとか……色々あるでしょ！」

「何を言ってるんだ、魔女殿。私の素晴らしい息子たちを好きにならない女の子が、この世のどこにいるというんだね？」

真顔で聞かれ、絶句する。

知っていた。こういう人だって知っていた。さすがはあの王子たちの父親だ。

「分かってるわよ……私のせいで……私が魔女のせいで……あの子たちの相手がなかなか見つからないってことは」

「いやいや、相変わらず自惚れが過ぎるな、きみは。私の超絶最高の息子たちの輝きが、魔女の名前ごときで消せると思うのかい？」

やれやれとエリックは肩をすくめる。

「まあそれはさておき！」

と、いきなり話を転換させる。

「びっくりするからちょっと落ち着いて話してちょうだい」

「大事なことは、大事であるかのように話すべきだろう？　何はともあれ、あの子たちのことだ。今のあの子たちは呪いをかけられたせいで、とても子を作れるような状態ではないと言ったね？」

「え、ええ」

「つまり今私が死んだら、完全に契約は破棄されて、この国はあっけなく滅びてしまうということか？」

「契約はすでに破棄されかけてるわ。この吹雪はその証よ。だけどヤトを捕まえて私が魔術を使えるようにさえなれば、あの子たちを元に戻せるし、あなたを再び眠らせることだってできる。また猶予ができるわ。その間に、ステキなお嫁さんを見つけて可愛い子供を産んでもらえば全てが解決みんな幸せ！　と、なるはずなのよ」

　ナユラは必死に言い募る。

「そうか……きみが急にあの召使を連れてきたときは驚いたが……こんなことになるとは思わなかったな」

　その言葉に、含みを感じてナユラは首を捻った。

「エリック様……あなたは彼が何者か知ってたの？」

　その問いかけに、エリックはナユラの耳に口を寄せる。

「魔女殿、実はね……私はこの国の王なんだ」

「いや、そんな当たり前のこと言われても」

「だからね、教会の肖像画を見る機会は何度もあったよ」

「そうだったの……」

「髪や目の色が変わっていて驚いたがね」

「ああ……あれは……もともと違っていたんだけど、私の使い魔になった時に黒く染まったのよ」

「なるほどなあ……彼ならきみを殺したいほど憎んでいてもおかしくない。だが、まさか国を滅ぼそうとまでするとは思わなかったなあ」

　エリックは深々と息を吐いた。

「私だって思わなかったわ。だけど、全部私に原因があるのは分かってるの」

　そこでナユラは姿勢を正した。

「だから、万が一の時には私がこの国を守るわ」

　そのことは、もうとっくに決めている。

「どうやって？」

「私は三百年生きた魔女だもの」

「だけど魔力を封じられているんだろう？」

「私は三百年生きた魔女だから……だからもう十分生きたと思うわ」

　その言葉にエリックははっと表情を変える。

「魔女殿……まさか……」

「国を守るのが王でしょう？　子供を守るのが母親だわ」

最初から、それだけは決めていた。いざとなったら……

「あなたには感謝してるの。あなたは私の望みをかなえてくれた。あなたのおかげで私は愛を知ったわ。あなたがあの子たちに会わせてくれたおかげで……」

エリックが何も言わなかったので、ナユラももうそれ以上は言わなかった。

静かな時間が二人の間に優しく流れた。そうしてしばらく見つめあっていると——

「ナユラー、お父様ー、もうお話終わったぁ？」

甘ったるい声をさせて、ジェリー・ビーが顔をのぞかせた。

「終わったわよ」

ナユラはにこっと笑いかけ、扉に近づく。

「お父様はお疲れだから、少し休ませてあげましょう」

「はーい、ていうか、お父様を疲れさせてるのナユラじゃん。僕たちなんにもしてないんだけどぉ？」

「はいはい、そうね。じゃあエリック様、私も行くからゆっくり休んで待っててね」

ナユラは寝台のエリックに手を振った。エリックは手を振り返し——

「魔女殿、できれば最後命を落とすのは、私だけであってほしいな。亡きハニーと私の心ときめく再会に首を突っ込まれても邪魔だし」

そう言って、彼はあっはっはと笑った。

ナユラはべえっと舌を出し、扉を閉める。

急がなければ……と、改めて思う。

部屋を出ると五人の王子は険しい顔で待っていた。

「じゃあ行きましょうか」

ナユラが塔を下り始めると、彼らは素直についてきた。

しかし少し下りたところで、急に腕を引っ張られる。

「ん？　どうしたの？」

ナユラが聞くと、彼らはナユラの腕をつかんだまま、どんどん下に下りてゆき、地下までたどり着いた。

そこには地下牢（ちかろう）がある。鉄格子の冷たいたたずまいにナユラは懐かしさを感じてしまった。

この地下牢には魔術が施してあり、魔術の干渉を防ぐのだ。つまり、中から魔術で攻撃したり、脱出したりできない。

ナユラが十年前に捕らえられて最初に入れられたのがこの牢だった。

もっとも、その時ナユラは魔力を封じられていたから、普通の牢でも逃げ出すことはできなかっただろうけれど。

「ここに来るの久しぶりだわ。でもなんで……」

王子たちは、言いかけたナユラを牢の中に押し込んだ。

「え、ちょ、え？　何？」

面食らうナユラの前で、王子たちは牢の戸を閉める。一人閉じ込められたナユラは訳が分からないまま鉄格子を叩いた。

「ちょっと何⁉」

「母上、しばらくの間ここにいてもらいますね」

ルートが言う。

「しばらく？　いつまで？　いや、そもそもなんでなの？」

「私たちがヤトを捕まえるまでです」

「あなたたちが？　ダメよ、あなたたちだけなんて危ないじゃないの！」

いきなり何を言い出すのだろう？

「母上、どうしようもなくなったら……死ぬつもりですか？」

淡々と問われ、ぎくりとする。

「聞いてたの？」

「聞くなって、言わなかったじゃん」

悪びれもせず言うのはジェリー・ビーだった。

「国が滅ぶ前に死ぬつもりなんでしょ？」

「そんなこと……あなたたちは気にしなくていいのよ」

「ばっかみたい。そんなことするくらいなら、僕が今からそこら辺の男に抱かれて子供産んであげるよ。それでいいんでしょ？」

「なっ……何を馬鹿なこと言ってるの！」

「僕は本気」

「……やめなさい。あなただけは絶対にダメ。妊娠中に魔術が解けて男に戻ったら、あなた死ぬわよ」

「ふうん？　自分は死ぬ覚悟があるくせに？」

「お前はダメだよ、ジェリー・ビー。私がやろう。今すぐ妻を迎えて子を作ればいいのでしょう？」

ルートが言う。

「お前は今体がおかしいんだから無理だろ。俺がやるよ」

アーサーまでそんなことを言いだした。

「お前は女の子が苦手だろう？　無理だよ」

ルートが心配そうに止める。

「お前らよりましだろうが」

「思ったんだが、子を作るのは王位を継ぐ人間じゃなくちゃいけないいんだろう？　だったら私の役目なんじゃないか？」

　オーウェンの幼い声が言った。

「無理に決まってるじゃないですか！」

「できるわけないじゃん、馬鹿なの？」

「寝言は寝て言いやがれ！」

　怒声が飛び交う。

「ちょっとあなたたち……お願いだから早まらないで！」

　ナユラは頭が痛くなりそうな気分で叫ぶが、王子たちは全く聞く耳を持たない。

　こいつら本当に……あの父親の息子だ！

「とにかく先生はここで待っていてください。見張りをつけますから、絶対に死んだりしちゃいけませんよ」

　そう言いおいて、彼らは地下牢から立ち去ってしまった。

　いくら叩いても鉄格子はびくともせず、ナユラは閉じ込められて一歩も外に出ることができなくなってしまったのだった。

第四章　魔女様のために王子たち奔走する

魔女を地下牢に閉じ込めた翌朝——王子たちは集まって作戦会議を始めた。

「まずどうする？」

アーサーが不機嫌そうに言う。

「ヤトを捕まえる方法……やっぱりあの魔術師にもう一度襲ってきてもらって……」

言いかけたルートがふらついた。酷い脂汗で、顔色が悪い。

「おい！　大丈夫かよ。お前、もう限界だろ。部屋で寝てろよ。人が近くにいなけりゃ少しはましだ」

今のルートの頭には、様々な人の感情が飛び込んでいる。慣れない彼には拷問だろう。慣れているアーサーだってあれほど苦しんだのだから。

「……珍しいな……お前がそんな……素直に心配してくれるなんて……」

「……足手まといになられちゃ困るんだよ」

アーサーはますます仏頂面になる。

「大丈夫だ……一つ、行きたいところがあるんだ」

「どこだよ」

「……教会」

「ああ、私も行きたいと思ってた」

オーウェンが手を挙げて主張する。

「何で教会なんか……」

「ああ、昨日のあれが気になってるんでしょぉ？」

ジェリー・ビーが甲高い声で言う。

「だから何が」

「父上が昨日、言ってただろう？　ヤトの正体を知っているって」

「ああ……言ってたな」

「教会の肖像画を見たから知ってるって、言ってたよねえ？」

「確かに言ってたな」

「見に行こうよ」

兄弟たちは顔を見合わせ、同時に同じ方へと向かった。

五人の王子はこの日も、雪の中を教会へと向かうことになった。

城門は開いたままで雪に押し固められ、もう閉じることができなくなっている。見張りを立たせることもできず、酷く危険な状態だが、押し入ってくる者ももはやいないほどにこの国は凍り付いてしまっていた。

道にも以前よりも高く雪が積もっている。この国は間違いなく滅びに向かっている。長い時間かけてたどり着くと、教会の扉は昨日壊されたところに木の板が張られて修復されていた。

中に入ると、そこには数人の司祭たちがいた。昨日のように祈りを捧げてはいなかった。

彼らは王子の来訪に気づくと驚きをもって彼らを迎えたが、王子たちはそれを退けて勝手に教会の奥へと歩を進めた。

奥にある女神像は、台座がひび割れたままだった。

「この女神像……ナユラを元に作られたって言ってたよね、あの女魔術師」

「言ってたな」

「全然似てないよね」

「像を作った職人が先生を直接見たわけじゃないだろうからな」

そして彼らはその奥にある肖像画に目を向ける。歴代の王の肖像画の中、正面のひときわ大きな絵にだけカーテンがかかっている。

この肖像を見て、エリックはヤトの正体を知ったという。

「このカーテン、開けてよ」

ジェリー・ビーが近くにいた司祭にねだった。

「は……この肖像画は……特別な時以外見ることは禁じられていて……」

「いいから開けて」

妖しく艶めかしい瞳に詰め寄られ、司祭は後ずさった。

「めんどくせえな、俺が開けるぞ」

しびれを切らしたアーサーが、女神像の台座に飛び乗った。

手を伸ばし、像の背後にある肖像画のカーテンをめくる。

その下から現れた肖像画に、揺らめく燭台(しょくだい)の明かりが映った。

五人の王子たちは、同時に目を見張った。

「……ねえ、この肖像画って誰なのさ」

「それは……伝説の英雄、ドルガー王でございます」

司祭がためらいがちに答える。

聞くまでもなく答えは分かっていた。最も大きなこの肖像画がドルガー王の肖像であることは、誰もが知っていることだ。

そこに描かれた人物を、王子たちは凝視した。

「……ヤトだ」

と、呟いたのは苦しげなルートだった。

そこに描かれていたのは、紛れもなく彼らが今捕まえようとしている男——魔女の使い魔であり、悪魔憑きであり、この国を滅ぼすと嘯いているあの男——ヤトの姿だった。

「色が……違うぞ。赤毛だ」

かすれた声でアーサーが呟く。

「先生の使い魔になって色が変わったと言ってたな」

オーウェンが淡々と言う。

「眼帯……してるね」

「そういえば、ナユラが片目を潰したって、前に言ってたよな……？」

ヤトは眼帯をしていないし髪の色も違うが、この顔立ちは紛れもなく彼のものだ。

「ヤトが、ドルガー王だっていうの？」

信じられないというように、ジェリー・ビーが肖像画を睨む。

「僕さあ……最初に言ったよね。予言書を書いたヤツと僕らに呪いをかけたヤツは同じにおいがするってさ。それは同一人物だからってこと？」

ゆっくりと兄たちの方を向く。

「でもそんなの変じゃん！　ドルガー王がなんで悪魔憑きになってるのさ。なんでナユラの使い魔になんかなってるのさ。なんでこの国を滅ぼそうとするのさ。ドルガー王がなんでナユラを殺したいほど憎んだりするのさ！」

「たまたま顔がそっくりなだけ……じゃねえのか？」

アーサーが言うが、その声は自分でも自分の言葉を信じていないような響きだった。

「魔術で顔を似せているという可能性もある」

「そんな魔術あんのかよ」

「先生ならできるかもしれない」

「ナユラが使い魔を、ドルガー王の姿に変えたってこと？」

「好きな男の顔にしたかったのかもしれない」

その言葉に、全員の顔が曇る。

どのような異常事態にあっても、彼女が自分たちだけの魔女であることを彼らは疑っていなかった。

「ナユラはドルガー王のこと悪口しか言わなかったじゃん。それでなんで、好きってことになるわけ？」

ジェリー・ビーは不満そうに零す。

「そんなの変じゃん。だってナユラが好きな人間はさ、僕たちだけじゃん。ナユラが他の人間を好きになったりするわけないじゃん。この世で僕たち五人だけ……ナユラが好きな人間はそれだけじゃん」

兄たちは断言する末弟を見やる。それはこの兄弟にとって、当たり前の共通認識だった。

北の森の魔女が愛しているのは自分たちだけ。夫である国王エリックすら、そこに入ってくることはできない。それが絶対の摂理だと信じてきた。だが——

「……あいつが人の悪口言ってるとこ……俺は初めて見た」

アーサーがぼそっと言う。オーウェンも頷いた。

「そうだな、私もだ。先生は人の悪口を言わない。苦手な相手はいるが、人を差別したりもしない。先生は、人を傷つけたりするような人じゃない。先生はたぶん……もともと人間に興味がなかったんだと思う。だから、悪口なんていつもは言わない。その先生がドルガー王の悪口を言ったんだ。それはきっと……親切にするより特別なことなんだと思う」

「……そんなのヤダ」

「私だって嫌だよ。でも、事実かもしれない」

幼子の声で淡々と告げられ、ジェリー・ビーは完全に不貞腐(ふてくさ)れた。

「でも……これで教会がヤトと手を組んでいた理由が分かりましたね」

ルートが苦しそうな声で言った。

「ヤトが……ドルガー王なら……主教たちは逆らえなかったでしょうから……」

「全員それを知っていて、手を組んだということだろうか？」

「そうかもしれません……」

「あのさぁ……今更だけど、ナユラってさぁ……僕らにすっごく……すっごくすっごく嘘ばっかり吐いてたんだね。それってほんと、ムカつくよねぇ」

「嘘を吐いてたわけじゃなく、隠し事をしていただけだと思う。全部私たちのためだったんだと思う」

「でも、僕はすっごくムカついてる」

「そうか……それは悲しいな。慰めてあげるから、頭を下げてごらん」

と、オーウェンは幼い体をうんと伸ばして手を上げた。

「いらないし、キモイし」

ジェリー・ビーはプイッと顔をそむける。

オーウェンはちょっとしょんぼりする。

「二人とも……今はそういうことを考えている時ではないと思いますよ」

ルートが弱い声で呼び掛けた。

「ヤトが仮にドルガー王であるなら……どうして国を滅ぼそうとするのか、どうして母上を憎んでいるのか……それを知らないと対処しようがないです」

「そうだな、それに、彼がどれくらいの力があるのかも知りたい。悪魔憑きは色々な力を持つと聞くが、個人差がかなり大きいからな。実際に見てみないと……」

「オーウェン兄上……わくっとするのやめてください」

ルートが咎めるが、オーウェンのわくわくは止まらない。

「ドルガー王のことを調べてみよう。彼が悪魔憑きになるようなきっかけが、どこかになかったか……そこに、先生を憎む理由もあるのかもしれない」

「いいけど……それでやっぱりあいつがドルガー王で、ナユラを本気で殺そうとしてるんだったら……どーするつもりさ」

「そんなの――ドルガー王を殺せばいいんじゃないか？　普通に」

「ふーん……その覚悟はあるんだ？」

ジェリー・ビーは幼い兄を探るように見下ろす。兄はまっすぐに弟を見上げた。

「たとえ伝説の英雄王だったとしても、国を滅ぼそうとするなら悪だし、先生を傷つけるなら敵と思うが、お前は違うのか？」

「あはっ、ぜーんぜん違わないよ」

「私も……彼はもう我々の味方にはなりえないと思います」

「じゃあさ、あいつを殺す方法見つけなくちゃね」

怖い笑みを浮かべて、ジェリー・ビーは肖像画を見上げた。

「ドルガー王を調べるなら、ここのやつらにも聞いた方がいいんじゃないの？」

「いや……それは危険かもしれない」

ルートが声を潜めて言う。

「彼が本当にドルガー王であれば……教会の人々はそちらに味方するかもしれない。彼はこの国の伝説で……英雄だから……」

「そうだな、ドルガー王の記録は王宮にもある。そこで調べよう。泉の悪魔がこの国を完全に見放してしまう前に――」


「あの子たち……おかしなこと考えてないでしょうね……」

昨日から閉じ込められている牢の中で、ナユラはひとりごちた。

あの万年反抗期王子たちは、目を離すと何をしでかすか分かったものじゃないのだ。

「ああ……やっぱり初めからあんなことしなければ……」

床に座り込んで頭を抱える。

ドルガー王に力を与えてしまったことが、そもそもの過ちだったのだ。それさえなければ、こんなことには――

そう考え、しかしすぐ、そうではないと思い直す。

「いいえ、それは違うわ。そうしてなければ……私が彼に出会っていなければ……この国はこんなに発展しなかった。王家だってすぐに滅んでいたかも。そうなっていたら、あの子たちは生まれなかったわ」

あの子たちがこの世に生まれたことだけは、誰が何と言おうと――たとえ神が咎めようとも間違いじゃない。

あの子たちに会うために、自分は魔女として生まれたのだ。

自分はたくさん過ちを犯した。けれど……それは全部、きっと必要なことだった。

そう自分に言い聞かせたその時、地下に誰かが下りてきた。

「魔女様、殿下方から様子を見るよう仰せつかってきたのですが、大丈夫ですか？」

「ナナ・シェトル！　ちょうどよかった、ここから出してちょうだい！」

天の助け！　などと魔女失格なことを考えてしまう。

「すみません、牢の鍵はルート殿下がお持ちなのです」

「そう……盗んだりできない？」

「さ、さすがにそれは……そもそも、殿下は外出中ですので」

「え!?　こんな雪の中、どこに行ったのよ」

「教会へ行くと……そのあいだ魔女様が逃げ出したりしないように、見張りを仰せつかったのですが……」

「教会へ？　何しに？」

まさかまた、泉の悪魔と交渉するために……？

「なんでも、肖像画を見に行くとか……」

「んなあっ!?」

ナユラは思わず変な声を上げてしまった。

心臓がばくばくいい始める。

エリックとの会話を聞かれていたせいだ……あの肖像画を見られたら……！

「顔色が悪いですが……大丈夫ですか？」

「いや、大丈夫……」

ナユラは慌てて誤魔化した。

「ねえ、お願い。何とかここから出してちょうだい」

「分かりました、合鍵を捜してみます。ですが魔女様、殿下は魔女様をどうしてこんなところに？」

「ああ、この牢には魔術の効果を消す魔術がかけられているから……中から魔術を使うこともできないし、外から魔術を使って中の人間を害することもできないのよ。だから……」

ナユラは一瞬言いよどむ。

「私を襲ってきた魔術師を……防げると思ったんでしょう」

変な緊張感に唾をのむ。

「魔術師のフィーと名乗っていたんだけれど……あなた知ってる？」

「……さあ、私は魔術師の知り合いなんていませんので……」

ナナ・シェトルはナユラの目を見て、困ったように首を傾げた。

対するナユラは目を逸らしてしまう。

うう……胸が痛い。変に試すような質問をしたことも、嘘を吐かせてしまったことも、全部辛い。自分はこういうの、本当に向いていない。

「と、とにかく私は早くここから出なくっちゃ。私がいないとあの子たち、すぐにおかしなことをするんだから」

などと話を逸らす。

「そうですね……この国を滅ぼすわけにはいきませんものね」

ナナ・シェトルは妙に思いつめた瞳でそう呟いた。

王宮に戻った王子たちは、書庫に向かった。

様々な書物が収められている中、古い王家の記録も残っている。

「あまり多くはないんですね」

ルートは青い顔で本を一冊とった。

「ドルガー王の記録はあまり残っていないらしい。手分けして全部読もう」

「えー、めんどくさー」

ジェリー・ビーは文句を言いながら、近くに置かれたソファに寝転ぶ。

「……私に心当たりがある」

オーウェンがぽつりと言った。話が繋がっていなかったので、弟たちは怪訝な顔をする。

「少し出てくる。ここの本は任せる」

そう告げると、オーウェンはとたとた足音をさせて部屋から駆け出した。

部屋を出ると、近くにいた女官に使いを頼む。

一時間後——自分の部屋で待っていると、一人の娘が部屋に駆け込んできた。

雪まみれで大きな荷を抱え、現れたのは、大学で魔術学研究をしているフレイミーだった。

「急に……呼び出されて……驚きました……」

荒い息をつきながら、彼女は床に荷を下ろした。

「大学にもドルガー王の記録はあると聞くからね」

「……体はまだ、子供のままなのですね。そのことも、この天変地異も……あの時私が持ってきたドルガー王の予言書と、関わりがあるんですか？」

フレイミーは体を酷く震わせていた。

外は吹雪でひどく寒いからなとオーウェンは思った。

「ある」

あっさりと答える。オーウェンは基本的に嘘を吐くことをしない。

「わ、私のせいで……？　いったい何が起きているのですか？」

「敵はドルガー王の可能性がある。宣戦布告は殺意の表れだと私は思った。ドルガー王の記録を調べれば弱点だって分かるかもしれない。私は彼が先生を憎む理由が知りたい」

オーウェンはここしばらくの出来事を思いついた順に並べ立ててゆく。全部の説明が終わると、フレイミーは頷いた。

「この天変地異はドルガー王の憎しみで引き起こされたと殿下は考えているのですね？　だからドルガー王のことを調べると……」

「……きみは話が早いな」

オーウェンは少し驚いた。が、そういえば以前も彼女はそうだったなと思う。

オーウェンの言うことは分からないと、よく言われる。オーウェンも、人の言うことが分からないとよく思う。言葉が足りなかったり、多すぎたりするのだと思うが、自分ではよく分からない。会話がきちんと通じるのはナユラくらいだと思っていたが、フレイミーはオーウェンの言いたいことを理解するのが早い。

そのことが前は無性に腹が立ったが、今日は何故かそんな気分にならなかった。

この雪のなか自分の頼みに応えてくれたことに感謝していたし、この危うい状況でも自分の言葉を分かってくれる人がいることに安堵していた。

「私は魔術史にあまり関心がなかったから、ドルガー王のこともよく知らない。きみはその専門家だろう？　教えてほしいことがたくさんある」

「わ、私でお役に立てるなら！」

フレイミーは必死の形相で頷いた。

「あの本を持ってきたのは私です。私にも責任があります」

オーウェンはまた驚いた。彼女がそんなことに責任を感じているとは全く思わなかったからだ。

あれはヤトが仕掛けたことで、彼女はただ利用されたにすぎないのに……。

「まあ責任があると思うなら手伝ってほしい」

「もちろんです」

「ドルガー王はたしか五十歳くらいで逝去したんだったな」

「五十一歳です」

フレイミーは床に座り込み、荷をほどいてそこから本を出すと、ページをめくって中の文章を指した。

「この死に関して何か記録はある？」

「記録というと……葬儀の様子などですか？」

「いや、死体がどうなったか……」

「……私が知る限り、特にそういう記録はありませんが」

フレイミーは首を振り、ページをめくる。

「なら、ドルガー王が若いころ事故か何かで死にかけたような記録は？」

悪魔憑きは死んだ人間の体に悪魔がとりつく現象だ。

弟のジェリー・ビーがかつて命を落とし、悪魔にとりつかれて生き返った時のように、ヤトにも死んで蘇った瞬間があったはずだ。

「戦争で命を落としかけたことがあったはずです」

フレイミーは別の本を開いた。

オーウェンも目の前にある一冊を手に取り、中を確かめる。

「やっぱり何度もあるみたいですね」

その中のどれかは本当に死んでいて、悪魔にとりつかれたのかもしれない。

「急に人格が変わったなどという話は？」

ジェリー・ビーはとりつかれた時、魂が悪魔と融合した。悪魔としての記憶も人間としての記憶もどちらも持っているというが、性格そのものはとりつかれる前と大差ないように思う。あの子は昔からああいう性格だ。

ドルガー王はどうだったのだろうか？

「人格ですか？　ドルガー王の人格に関してはほとんど記録が残っていないんです。彼の記録のほとんどは功績のことなので」

人となりこそが一番知りたいところなのにと、オーウェンは考え込んだ。

しばらく考えていると、いつの間にか暖炉の火が弱まり、室内は異常な寒さになっていた。見れば、目の前に座っているフレイミーもがたがた震えている。

「とても寒いな」

「さ、さぶいです」

彼女はがちがちと歯の根が合わなくなっているらしかった。

オーウェンはきょろきょろと室内を見まわし、たまに泊まり込むときに使う毛布を見つけて引っ張ってくると、彼女の背中にかけてやった。そして、その横に自分も潜り込む。

「わ！　え？　何で入ってくるんですか！」

フレイミーはぎょっとして毛布から出ていこうとする。

「私も寒いからに決まってるじゃないか」

文句を言われる筋合いは全くない。

「この毛布は私のもので、私には入る権利が十二分にある」

「……それは……そうですね」

フレイミーが完全に毛布から出てしまったので、オーウェンはやれやれと呆れたように話を続けた。

「これはこの部屋に一枚しかない大切な私の毛布だが、それを独り占めするほど私は狭量じゃない。きみが出ていく必要はない」

オーウェンは毛布の権利をもう一度強く主張しつつ、小さな手を伸ばして再びフレイミーに毛布をかけてやった。

フレイミーは困ったような怒ったようなおかしな顔をした。まったく……近頃の若者は人の親切を理解しないなと、オーウェンは昨今の世情を嘆いた。

「これで寒さはしのげるだろう？」

問われたフレイミーは、今度は出ていこうとせず毛布の中に留（とど）まった。

「そうですね……どうもありがとうございます」

彼女の口調は硬く、あまりありがたがられている感じはしないが、言葉で感謝を伝えるのは大事なことだ。許そう。

寛大な気持ちで彼女の非礼を許し、オーウェンは話を続ける。

「ドルガー王の功績しか記録が残されていないなら、そこから人となりを推測するしかない。きみは……ドルガー王が魔女を殺す理由はあると思う？」

「……ドルガー王は北の森を決して開墾しようとしませんでした。その治世において、魔女様の住処を不可侵の領域としていました。王家にしばしば魔力異常などが出現したことから、魔の森と呼ばれた北の森を警戒していた——と伝わっています。でも、それは恐れていたわけじゃなく、魔女様の住処を守っていたのかもしれません」

「ふうん……ドルガー王は北の森に近づかなかったのか……。じゃあ、先生にも二度と会うことはなかったんだろうか……」

「北の森に入った記録はないですね。ですが、本当のことを知っているのは魔女様一人ではないでしょうか。魔女様に直接聞いてみては？」

「……先生は昔のことを私たちにあまり話そうとしない。たぶん、ドルガー王のことも話さないと思う」

ナユラはもちろん全部分かっているだろう。だが、この状況下でも説明しようとしないのだから、きっと自分たちに知られたくないことがあるのだ。

少し前、教会の人間に命を狙われた時――ナユラは秘密の一端を自分たちに知られた。それも、彼女にとっては絶対に知られたくないことだったのだろう。

分かっているのは、ナユラは自分たちの前でいい顔をしたがるということと、ドルガー王の話をしたがらないということだ。

「最悪、先生は私たちに嘘を吐くかもしれない」

「……魔女様は、ドルガー王の恋人だったのですか？」

何を察したのか、フレイミーは恐る恐るそんなことを聞いてきた。

「本人は違うと言っていた」

「それなら……」

「だが、ドルガー王を好きだったかどうかは分からないと言っていた」

そう明かすと、フレイミーは言葉を失った。

ちらと見上げてみれば、同じ毛布の中で身を寄せ合う彼女はなんだか困ったような顔をしていた。ややあって彼女は小さく口を開いた。

「私は……恋愛経験皆無なのですが……」

「奇遇だな、私もだ」

「そうですか……私もよく分からないのですが……先日同期の学生に貸してもらった

とある書物によりますと……彼のことを好きかどうか分からないと戸惑う女性は、すでに彼のことを好きになっているのだと……」

「なんだと……!?」

にわかには信じがたい情報に、オーウェンは狼狽した。

傍らのフレイミーは言いづらそうだったが、それでも懸命に続ける。

「書物の題名は『初恋王宮ロマンス♡没落令嬢の私が王子様に見初められて』というのですが、これは現在、王都の女子の心を鷲づかみにしていて、全ての女子の気持ちを代弁しているバイブルなのだそうです」

「な、なんてことだ……それほどの信者を獲得している書物に書かれているとなると、信憑性は高いということか……」

「はい……高尚すぎて私には全く理解できなかったのですが、皆さんがそこまで夢中になっていることを考えると、そう判断せざるを得ません」

「くっ……信じられない……」

オーウェンはまた唸った。自分の無力を痛感した思いだ。

「いや、私が信じたくないというだけの理由で、真実を捻じ曲げることはできない。『初恋王宮ロマンス♡没落令嬢の私が王子様に見初められて』に書かれた真実から目を逸らしても、何一つ解決しないのだから……」

「お気持ちお察しします。ですが、『初恋王宮ロマンス♡没落令嬢の私が王子様に見初められて』の情報から考えますと……」

「……先生はドルガー王に懸想している」

オーウェンの言葉に、フレイミーは頷いた。

「これは男女関係に根差した問題と考えられます」

「痴情のもつれ……というものか」

「……高潔な魔女様にそんな言葉を当てはめたくはないのですが……」

フレイミーも苦渋の表情だ。彼女もナユラを慕っているのだと改めて感じ、何故かそれに不快感を覚えなかった。いつもなら、ナユラに近づく人間には問答無用で敵意を抱いてしまうのに……

「私はきみのことが死ぬほど嫌いだったんだが……」

オーウェンはつい口にしていた。

フレイミーは目をまん丸くして、すぐに眉をひそめた。

「私だって殿下のことはめちゃくちゃ死ぬほど嫌いですけど？」

ぷいっとそっぽを向く。

「ああ、私はきみが嫌いだった。こんなに腹の立つ人間は今まで会ったことがないと思ったくらい嫌いだった」

淡々と続けると、フレイミーは傷ついたような顔をして唇を噛んだ。なんでそんな顔をするんだろうと、オーウェンは不思議に思いながら先を続けた。

「だが……きみはなんというか……話しやすい、人だ」

途端、フレイミーはびっくりしたような変な顔になった。

「は、話しやすい……？」

「ああ、話しやすい。きみは私と、ちゃんと会話をしてくれるから」

オーウェンは人と会話をするのがとても苦手だ。きちんと通じ合えているなと思うことはあまりない。

弟たちとしゃべる時、オーウェンは自分の言葉が彼らに通じないなと感じる。だけど、それでもかまわないと思っている。分かり合えてはいないけれど、弟たちはオーウェンのことを魔術が得意で頼もしくて格好いい自慢のお兄様と思っているに違いないし、オーウェンは弟たちを世界一可愛いと思って愛している。

だから通じ合えなくてもいい。だけど……時々不自由で息苦しいと感じることはあるのだ。

ナユラがいなかったら……自分を分かってくれるあの魔女がいなかったら……自分はきっと、もっとずっと苦しかっただろう。

だからオーウェンにとって、ナユラは特別な存在なのだ。

けれど、目の前のこの魔術研究者はそれとは少し違っていた。

フレイミーはオーウェンの言葉を理解して、オーウェンは彼女の言葉を理解できているとと感じるが、自分たちは決してお互いを好きなわけじゃない。間違いなく彼女はオーウェンを嫌いで、オーウェンも彼女を嫌いなのだ。

それなのに、今こうして言葉を交わして理解しあえている。

愛情がなくとも、通じ合えている。

それは彼女がオーウェンの言葉を理解しようと努めているからだ。理解できないとはなから切り捨てたりしていないからだ。

この不可解な現象に、オーウェンはようやく名前を見つけた。

自分たちは……お互いを尊重している。

オーウェンは、生まれて初めて人に尊重されている。そう感じる。

最初に会った時から腹が立っていたのは、お互い似ているところがあるからだ。嫌いだと思うのに、お互いの言葉を理解しようと努めた。彼女は心から嫌っているはずのオーウェンの言葉を、理解しようとしてくれたのだ。他の誰も、そんな風にはしてくれないのに。

だからオーウェンは、これを尊重と定義する。

「私と話をしてくれてありがとう」

礼を言うと、フレイミーは困ったように幾度か口を動かし、

「……まあ私も、オーウェン殿下はわりと、話しやすいです。腹は立ちますが」

小声でぼそっと言った。

「そうか……じゃあ、この国が無事に助かったら、私たちは友達にならないか？」

急な思いつきで言ってみた。すると、フレイミーはぽかんとし、ややあって顔を
真っ赤に染め上げた。

「な、な、何を言い出すんですか」

「いや、友達にならないかと言ったんだよ」

「……私、友達というものはいたことがないのですが……」

「奇遇だな、私もだ」

真顔で言うオーウェンに、フレイミーは落ち着かない様子で聞いてくる。

「友達って、魔術の古文書を求めて古代遺跡に一緒に行ったりするんですかね？」

「うん……魔術薬の原料を探しに一緒に森の中に入ったりするかもしれない」

「魔術史を覆すような発見をしたり？」

「新しい農業魔術を開発したり」

「……魔術史を軽んじていませんか？　魔術の歴史を研究するのは大切なことです」

「優先順位の問題だ。国を守る魔術の研究に勝るものなどない」

と、二人は急に睨み合った。しばしバチバチと火花を散らし——不意に思い出す。

「そういえば、先生はきみを私にめあわせようとしていたみたいだけれど……それよりは友達の方がよほど現実的だと思う」

「え、私とオーウェン殿下が……ですか？　びっくりするほど嫌ですけど」

フレイミーはたちまち青ざめ、心底嫌そうな顔で首を振った。

「奇遇だな、私もだ」

オーウェンはしかつめらしく頷いた。

「きみと恋愛とか、本気で無理だ。だから友達になろう」

「気が合いますね」

「友達というのは、気が合うものだろう？」

「噂ではそう聞きますね」

フレイミーは初めてちょっと笑った。

彼女が笑うのはいいなとオーウェンは思った。

窓の外に目をやる。外は暗い吹雪の世界だ。

「国が無事に助かったら私たちは友達だ」

「分かりました、約束ですよ」

フレイミーはわずかに声を弾ませ、持ってきた大量の書物を再びめくり始めた。

「お前、もう限界だろ」

書庫の書物を調べていたアーサーは、隣で同じように本をめくるルートに言った。

兄の顔は真っ青で、嫌な汗をかいている。たぶん、食べることも眠ることもろくにできてはいないだろう。彼が今どんな苦痛を感じているか……そんなことは自分が一番よく知っている。その体は、元々アーサーのものなのだから。

「……大丈夫だよ」

ルートは笑顔を作ろうとして、苦痛に頬を引きつらせた。

「いいかげんにしやがれ！」

アーサーは堪忍袋の緒を引きちぎり、兄の手から本を奪って部屋の端に放り投げた。

「……何するんだ」

咎める声には力がない。いつもなら、アーサーがこんなことをすればもっと強く正しく優しい声で怒るのに……

「あのなあ、俺がそのクソッたれな体と何年付き合ってきたと思ってんだ。吹雪に乗ってどれだけの声が届くか……想像しただけで吐き気がする」

忌々しげに顔を歪める。アーサーの体には魔力性感覚障害がある。人の感情を……

特に悪意を、感じ取る。風が強いとなおさら強く届いてしまう。

天変地異に襲われ恐怖と不安に陥った人々の感情は、吹雪に乗ってこの体に襲い掛かっているはずだ。

「ねえねえ、我慢してここに居られても邪魔なだけだから、寝てればぁ」

甘い少女の声が、冷たくルートを突き刺した。

「……いや、まだ……」

振り向きかけたところで、ルートは目を回して倒れかけた。

「何やってんだ馬鹿が！」

アーサーは慌てて兄を抱きとめる。

「てめえはもう役立たずだからおとなしく寝てろ！」

犬歯を剝き出しにして怒鳴りつけ、ルートの腕を自分の肩に回して支えた。

「肩貸してやるからさっさと歩けよ！」

苛立ちをあらわに、アーサーは兄を書庫から連れ出した。

よろめくルートを支えつつ、廊下を歩く。

しばらく歩いていると、不意にルートの体が震え始めた。具合が悪化したのかと危ぶみ、間近にある兄の顔を見てぎょっとする。

ルートは……泣いていた。

「お前……大丈夫かよ。そんなに辛いなら、睡眠薬使って無理やり眠る手もあるぜ」

オーウェンならその手の薬は用意してくれるはずだ。随分長いこと書庫を離れていて、今はどこで何をしているのか不明だが……

「お前が……」

ルートは震える声で囁いた。

「何だよ」

「お前がこんな苦しい思いをしているなんて……私は少しも分かっていなかった」

絞り出すように言う。

アーサーは、腹の底がねじられるような気持ちがした。

心配させた……憐(あわ)れまれた……侮辱された……悔しい……恥ずかしい……それら全てが入りまじっているようで、そのどれでもないような感情が湧き上がる。

知られたくないことを知られ、言われたくないことを言われた。それだけは確かだ。

「……お前に俺のことなんか、一つだって分かるわけねえだろ」

言葉はどうあがいてもささくれ立った。

それ以上何も言わず、ルートの部屋にたどり着く。部屋に入り、奥のベッドに兄を放り込んだ。

「寝てろよ。動ける俺らがどうにかする」

言い捨てて部屋を出ようとするが、ルートはおとなしく寝ようとしなかった。ベッドから出てこようとする。

「お前な……殴って気絶させるぞ」

「アーサー……私たちにかけられた呪いをこのままにしておけば……お前が今のまま私の体に入っていれば……お前はもう苦しまなくてすむんじゃないか……？」

「……何言ってんだ？」

朦朧（もうろう）とした兄の言葉を冗談として笑い飛ばそうとしたが、声は怒りにひきつった。

「お前が苦しそうにしているところを……私はもう見たくない……」

頭の中が燃えるように熱くなった。どくどくと血管が脈打ち、気が遠くなりそうになった。こんなに怒りを感じたのは生まれて初めてだった。

「てめえは……俺が平気だと思うのかよ……」

握った拳が震えた。殴ってやりたいと思ったが、今のルートを殴るわけにはいかないと考える程度の理性は残っていた。

ルートはアーサーの言葉の意味が分からなかったのか、ベッドに腰かけた状態で停止している。

「お前が苦しんでるのを見て、俺が平気だと思うのかよ」

「……アーサー」

「うるせえ！　お前みたいな軟弱野郎にその体を任せられるわけないだろうが！」

アーサーは声を荒らげて部屋を飛び出した。

そこら辺のものを全部叩き壊してやりたいような気分だ。情けなくて腹立たしくて、涙が出そうになる。

こんなことで泣いてたまるか……立ち止まり、一つ大きく息をつく。

体が入れ替わった時、最初……一瞬だけ考えた。このまま生きられたら……と。

求めていた世界がそこにあった。誰の感情も入ってこない、静かな世界……

けれどルートが苦しむ姿を見て、その感情は吹き飛んだ。

今すぐ元通りにしてほしい。自分の肉体がルートを苦しめているなんて耐えられない。自分が苦しい方がましだ。のんきににこにこ笑っていてくれる方がずっといい。

苦しむのは……自分だけでいい。

この呪いをかけたヤトの姿を思い出し、殺意が湧いた。ルートをここまで苦しめて、ナユラを殺そうとしているあの男……あれが本当にドルガー王なら、自分たちの祖先ということになる。あんな男の血を引いているのか、自分は……

あの男は私を嫌って憎んでいる——とナユラは言った。

確かにどう見てもあの男はナユラを憎んでいる。が、ナユラを嫌っているわけではないのだと思う。むしろ、その真逆の執着心と思えてならない。だとしたら、あの男は本当にナユラを殺したいのだろうか？　使い魔である自分も死んでしまうのに……そこまでしてでも殺したい理由は何なのか……

　ずっと昔、森の中で出会っただけのナユラとドルガー王の間に、そのあと何が起きたのか……ナユラはおそらく教えてくれない。自分たちを、幼い子供と思っているから……

　三百歳の魔女である彼女の目から見れば、自分たちは幼子だろう。それでも、彼女を憎む者の魔手から守ってあげられるくらいの力はあるはずなのに……

　そこでふと、違和感を覚えた。しばし思案し、気づく。

　どうして……自分は今まであの男の悪意に気づかなかったのだろう？　アーサーは人の悪意を感じ取る。しかし、彼から悪意は感じなかった。いや……悪意だけじゃない。他の何も感じなかった。悪魔憑きだから？　いや、ジェリー・ビーの感情は伝わってくる。悪魔にとりつかれたあの弟が、自分たちを想っていることを知っている。だが、ヤトから何かを感じたことはない。だから、自分は今まで彼を敵だと思わなかったのだ。

　どうしてあの男の感情だけ、伝わってこなかった……？　魔力障害を能力と仮定するなら、自分の能力は何故あの男にだけ通じなかった……？　北の森の魔女にさえ、アーサーの力は通じたのだ。ナユラの感情はいつもアーサーに伝わっていたのだから。

あの男だけがそこから漏れた理由はなんだ？　感情がない……？　国を滅ぼすほどのことをしておいて？

考えても分からない。自分はあまり考えることが得意ではないし……

諦めて、アーサーは書庫に戻ろうとした。

歩き出し、廊下の角を曲がったところで二人の女官とぶつかりかける。驚いて立ち止まると、女官たちはアーサーを見上げた。

見知った女官たちの瞳に、アーサーの瞳が映る。

ゆら……と、四つの瞳が揺れた。

「アーサー殿下……！」

女官たちは同時に抱きついてきた。

「うわあ！」

予想外のことに思わず叫んでしまう。アーサーは家族以外の人に触ったことがほとんどない。

「怖いですわ……この国はいったいどうなってしまうのですか？」

「私たち……もう助からないのですか？」

泣きながら、二人はアーサーにしがみついてくる。

アーサーはその感触に慄き、二人を突き飛ばした。

女官たちは驚いてよろめきながらも、アーサーを見つめ続けている。

すると今度は背後から、近づいてくる足音があった。

振り返ると、今度は十人ばかりの女官が集まってくる。

「殿下、みなが不安がっていますの。どうかそばに来てくださいませんか？」

「殿下だけが頼りなのです」

「アーサー殿下、みなに少しでも言葉をかけてください」

熱望する瞳がアーサー一人に向けられている。

急に、ぞっと背筋が寒くなった。

「いや、俺は……忙しいから！」

脱兎(だっと)のごとく駆け出した。

「アーサー殿下！」

全員同時に追いかけてきた。

「ぎゃあ！」

アーサーは恐怖にかられ、生まれてこの方上げたこともないような悲鳴を上げた。

なんだなんだなんなんだあいつらは！

全力疾走し、どうにか全員をまいてひとけのない廊下に逃げ込んだ。

壁に手をつき、ぜーはーと呼吸する。

「こ……こわっ……」

寒さのせいじゃない震えがくる。

あんな勢いで、人に囲まれ求められたことなんか一度もない。

あんな風に人を寄せ付けるのは、いつだって兄のルートで……

そこで気づく。

「やばい……これは本当に……やばい……！」

ルートは人に好かれる。優しくて頼りになるから、みんなが彼を慕うのだ――と、ずっと思ってきた。自分とは全く違うのだと……

だが、今の女たちはこの体にアーサーの魂が入っていると分かっていてなお、すがってきた。アーサーに寄ってきたのだ。目が合った瞬間、彼女らの心が自分に吸い寄せられるのをアーサーは確かに感じた。

人を引き寄せるのは、ルートのこの瞳なのか――!?

この瞳を持つ人間は、欲望をむき出しにした女どもに、すがられ、頼られ、求められる。こちらの意思など無関係に――

無理だ……自分には耐えられない。こんなの、あいつじゃなきゃ無理だ！

「アーサー殿下？」

通りかかった女官に呼ばれ、悲鳴を上げそうになり、アーサーはまた逃げ出した。

やばい無理！　自分には無理！　俺じゃないと魔力障害に耐えられないと思ったけど、この体だってルートじゃなくちゃ無理だ！

全身全霊で求めてくる欲望の権化みたいな女たちを、平気であしらい、御して、なだめて、平穏な日常を作ってみせる。そんなのは生まれついての天才人たらしルートじゃないと、無理！　ごめん！

胸中で叫びながら自分の部屋に逃げこむことしかできなかった。

心の底から思い知る。自分たちはお互いの体に戻るべきなのだ。

書庫の本を探りながら、ランディはずっと考え込んでいた。

自分たちは根本的に、やるべきことを間違えているのではないか――と。

「みんなおそーい」

書庫に残っているジェリー・ビーが、ソファに寝転がりながら文句を言った。

「……もう少しがんばろう」

おどおどしながらランディは弟を励ました。

「やーだよ、僕がんばるとか世界一嫌いだもん。この僕にさ、泥臭い努力なんて似合わないでしょ？」

愛くるしい弟は、横たわったまま胸に手を当てる。

強いまなざしに射貫かれ、ランディはそれ以上何も言えなくなる。

自分の身に起きた呪いの影響は、はっきりと自覚している。

この世の全部が怖くて怖くて仕方がない。

あれほど上手にあしらえていると思っていた民草も、上手に利用できていると思っていた愛しい兄弟たちも、全部が怖くて仕方がない。どうして今まで平気で人に近づけたのか、分からない。

今も弟の瞳に射貫かれただけで、体の震えが止まらないのだ。弟の半分は悪魔だ。そう思うと全身にぞわぞわと鳥肌が立つ。

ジェリー・ビーは怯えるランディを見て、不愉快そうに鼻を鳴らした。

「ランディ兄様こそ今は役立たずなんだからさ、もっとがんばりなよ。いつもの兄上もウザいけど、今の兄上はもっとウザいしキモいし見ててムカつく」

きつい言葉が胸に突き刺さる。この子の言う通りだと思ってしまい、顔を上げることすらできなくなる。今まで通りに振舞おうとしても、腹の底からとめどなく湧き上がる恐怖心がそれを許してくれないのだ。

「……ごめん。そう……だな。じゃあ、休憩にしよう。俺も……少し出てくる……」

ランディは持っていた本を書架に収め、のそのそと部屋から出た。

ようやく一人になれた。そのことに少しだけ安堵する。

自分の変化についていけない。それでも、頭だけはどうにか働いていた。

本当は、こんなことをしているべきではなかったのだと思う。怖くて言い出せなかったが、自分たちがすべきことは何なのか、ランディはずっと前から分かっていた。きっと兄弟たちは反対する。怒る顔を想像するとまた震えがくる。だから今……一人になった今……やらなければ……

ジェリー・ビーを一人残してランディは王宮の地下へと向かった。

地下にはナユラを閉じ込めている牢がある。しかし、そこに用事があったわけではない。ランディが向かったのは、教会の地下に繋がっているという地下道だった。昨日、教会を訪れた時にナユラが言っていた地下道だ。その時の出来事を思い出し、またぶるっと震える。

そう……ランディは教会の地下に向かおうとしていた。

地下道は暗く静かで、光の届かぬ暗がりから得体のしれないものが這(は)い出てきそうな気がする。手燭(てしょく)の明かりに揺らめく影さえ不気味に感じる。一人でいても、誰かといても、結局怖くて仕方がないのだ。

「お、落ち着け……俺は今、異常なだけだ……」

自分に言い聞かせようとしたが、声が奇妙に反響してまたぞっとした。

初めて通る道はずいぶん長く感じる。一人だからかもしれない。手燭の明かりを頼りに暗い道を通り抜けて、ランディはようやく目的地までたどり着いた。

目の前に、重く閉ざされた扉がある。震える手で扉を押し、中に入ると昨日見た時と変わらぬ光景が広がっていた。青くぼんやり光る地下室の奥に、泉がこぽこぽと湧いている。

ナユラが言ったことは本当だった。地下道はちゃんと教会に通じていた。

ごくりと唾をのみ、急に重くなった足を踏み出した。悪魔が棲むという泉……その近くに自分一人がいるという事実に慄く。

おそるおそる泉のほとりに立ち、水底を覗き込む。一つ深呼吸して息を整える。

「い、泉の悪魔よ……俺の声が……聞こえるか……」

声はみっともなく震えた。辺りは静かで、何の反応もない。

「あ、あなたはこの国に恵みをもたらした。我々は、あなたに……心から感謝しているし、あなたとの契約を、守る意思が……ある」

声の震えは収まらない。それでも必死に続ける。

「この国の王は……おそらく……もう長くはない。代が替わってすぐに子を作らなければ……契約を果たしていないと……みなすのだろう？　だから……俺が今すぐ子を作る。父上が崩御した時には俺が即位する。あなたに捧げるための血筋を繋ぐ。必ずそうする！　だから……怒りをおさめ、吹雪を止めてほしい。少しだけ猶予が欲しい。必ず……契約を守るから……」

自分が酷く恐ろしいことをしているような気分で、呼吸が速まる。

兄弟たちは根本的に間違っていると、ランディはずっと思っている。最悪を先に考えておくべきなのだ。

このままでは泉の悪魔との契約が破棄され、国は滅びてしまう——という最悪を。悪魔との契約を繋ぎとめる最良の方法は、契約内容を順守すること。たとえどういう状況であろうと、子を作ればいいのだ。たったそれだけのことで、この国は救われる。ナユラの命を引き換えにする必要もない。

オーウェンは子供の体に戻っているし、ルートも今の体で女性と関係を持つのは難しいだろう。アーサーは絶対嫌がるに決まっている。そしてジェリー・ビーは……一度死んだ体だ。子を作れる保証はない。だからこれは……ランディにしかできないことなのだ。何百人もの女の子を泣かせてきた自分が、その役を果たすべきなのだ。

想像するだけで体の震えが止まらない。人と触れ合う……そのことを想像するだけで気が遠くなる。それでも、これは自分がやるべきことだった。この国を救いたいなら、やらなければならない。

「泉の悪魔……あなたはかつて人間と……ドルガー王と契約した。あなたは人に好意を持っていたんじゃないのか？　だったら俺の言葉を聞いてほしい」

言いながら、ふと思う。悪魔が怒った本当の理由は、もしかして……ヤトの裏切りを感じたからではないのか？

悪魔との契約をぶち壊すような呪いを王子である自分たちにかけた――その犯人が他ならぬヤトだったからこそ、悪魔は突然天変地異を起こしたのでは？　だったらやはり、ヤトはドルガー王で、泉の悪魔はかつて契約した人間に裏切られたということになる。

「泉の悪魔よ、あなたはドルガー王を愛していたのか？」

ごぼ……と、水の底から音がした。次の瞬間、泉の水が凍り付き、刃のような氷の柱がランディに襲い掛かってきた。

「うあっ！」

間一髪でその刃を躱し、ひっくり返る。刃は次々に襲い掛かってきて、ランディはしりもちをついたまま逃げることもできず身を縮めた。

「あのさぁ、馬鹿じゃないの」

この世の全部を見下すような声が響き、氷の刃が砕かれた。素手でそれを砕いたのは愛らしい少女――ジェリー・ビーだった。

話は少し遡る——

冷たい言葉で兄を書庫から追い出したジェリー・ビーは、おどおどと去ってゆく兄の背中を見て苛立っていた。

なんて情けない背中だろう。いつも自信をみなぎらせて颯爽と歩く兄の姿とは思えなかった。

「ほんと……ムカつくなぁ」

ぼやき、起き上がる。兄の後を追って部屋を出る。

ちょっとだけ……ほんのちょっぴりだけ言い過ぎたような気がしなくはない。

世界が生んだこの究極完璧美少年——今は美少女——の暴言なんだから、むしろ跪いて感謝してほしいくらいだけど、精神がバキバキに砕かれておかしくなった今のランディにはちょとばかり酷だったかもしれない。まあ、兄というのは弟に傅いてしかるべきものだし、こんなことで可愛い弟を怒ったりしないだろうけれど。

「兄様たちはみんな僕の虜だし……ていうか、全人類は僕の虜であるべきだし。このくらいで僕のこと怒って嫌いになるとかあるわけないし。別にそんなの心配してないし。僕はこんなに可愛いんだから、愛されて当たり前だし」

ぶつぶつ言いながら廊下を歩くと、遠くにランディの背中が見えた。

いつもなら遠くからでも胸を張っているのが分かるのに、今は頼りなく縮こまっていて、そんな姿を見るとまたムカついた。

とことこと後をついていくと、ランディは何故か地下に下りてゆく。きょろきょろとあたりを見回し、誰にも見られないようにしているみたいだ。

こそこそと何を企んでいるのか……まさかナユラを牢から出すつもりではと危ぶみ足を速めて後を追うと、ランディは地下道へと入っていった。

「うそでしょ、ちょっと待ってよ、どこ行くつもり……？」

慌てて他の兄たちを呼びに行こうかと考えるが、どこにいるのか分からない。

「なんなのあいつら、役立たずの群れじゃないの!?　この僕が困ってるんだから、今すぐ空を飛んででも駆けつけるべきでしょ！　兄のくせに何やってんのさ！　ほんと使えないんだから！」

慌てすぎて腹が立ち、小声でぼそぼそと怒鳴り散らす。

「ああもう……」

仕方なく、ジェリー・ビーはランディの後を追って地下道へと足を踏み入れた。

ランディは時々後ろを振り返り、誰もいないことを確認している。そのたびに、ジェリー・ビーは岩陰に身を隠してやり過ごさなければならなかった。

これさっさと声かけとくべきだったんじゃない？　隠れて後つける意味ある？　な

んて途中何度も思ったが、相手があまりにもこそこそしているから、声をかけたら逃げられそうな気がしたのだ。

ランディがやってきた場所は昨日ナユラと来た、教会の地下だった。悪魔の棲みつく泉がある場所だ。

そういえば、ナユラが地下道は教会の地下と繋がっていると言っていたような……興味がなさ過ぎてよく覚えてはいないけれど。

こんなところで一体何を？　と中をのぞくと、ランディは泉に向かってアホなことを言いだしたのだ。

自分一人が犠牲になるつもりだろうか？　ほんと……ムカつく！

殴ってやりたいと思ったその時、凍り付いた泉が刃みたいにランディを襲った。

ジェリー・ビーは考えるより早く飛び出して、ランディを襲う氷の刃を叩き砕いた。

「あのさぁ、馬鹿じゃないの」

声はいつもの百倍冷たい。

「なーんにもできない無能馬鹿のくせにさ、なにカッコつけてんの」

「ジェリー・ビー……どうして……」

「馬鹿が不用意にふらふらするから、この僕が迎えに来てあげたんじゃん。感謝してよね。ついでに靴でも舐めなよ」

ふふんと腰に手を当て、片足を前に出す。ランディは放心して座り込んでいる。

なにバカ面さらしてるのさ、ムカつくなあ……舐めろよ。

ジェリー・ビーの腹立ちに気づきもせず、ランディは立ち上がって手を引っ張った。

「お前……こんなところにいたら危ないじゃないか！」

怒鳴り、外へ連れ出そうとする。さっきまでの怯えぶりが嘘みたいだ。弟を守らなくちゃと思っているから……？　そう思うとますますムカつく。

「はあ？　守ってやったの誰だと思ってんのさ」

「そんなことどうでもいい！　危ないところに来ちゃだめだろ！」

ジェリー・ビーのムカつきは頂点に達した。

「本当にねえ、その通りなんですよねえ」

苦笑する声がして、二人は同時に横を向いた。

「またお会いしましたねえ、その節はどうも」

手を振っているのは、相変わらず季節を舐めた格好の魔術師フィーだった。

「またお前？　何度死ねば気が済むわけ？」

苛立ちが頂点を極めていたジェリー・ビーは、この女を今度こそ喰ってやろうと本気で思った。

「あたしも好きで来たわけじゃないですけどねえ、ここは特別な場所ですから、荒らされると困るんですよねえ。まあ、害虫駆除もお仕事の一環と言いますか」

「害虫？　誰に言ってるのぉ？　まさか天が生んだ奇跡の美少女、この僕に言ってるわけじゃないよねぇ？」

頬に人差し指を当て、うふっと笑ってみせる。

「相変わらず可愛らしいことで……妹ってのは本当に、厄介なことしかしないんですから、迷惑ですよねえ」

フィーは苦々しげに顔をひきつらせた。

「……ねえ、誰のこと考えてるのさ。お前の前にいるのはこの僕でしょお？　僕が目の前にいるのに、他のヤツのこと考えるとかありえない。ちゃんと僕だけ見てなよ」

ジェリー・ビーは一息に距離を詰め、フィーの頬を両手で挟んだ。その動きは滑らかすぎて、フィーは反応できずにいる。

「これから死ぬお前が、最後に見る人間だよ。目に焼き付けて死になよね」

艶やかな赤い唇を開くと、鋭い牙がのぞく。

もちろんはったりだ。この女を殺す意味はない。この女は、ヤトを捕まえるための唯一の手掛かりなのだから。生かして捕まえて拷問するのだ。そのために、動けなくなるまで生気を搾り取ってやる。

ジェリー・ビーは彼女の首筋に牙を立てようとして――しかし、寸前で軌道を変えられた。フィーがジェリー・ビーの顔をつかみ、にやっと笑って唇を塞いできたのだ。

その隙間から、どろりとした熱いものが流れ込んでくる。

「あなたがどういう生き物だか知っていれば、あらかじめ対処するすべを用意しておくことはできるんですよねえ」

口を離したフィーは、ジェリー・ビーの体をとんとついた。

膝から力が抜け、その場にへたり込んでしまう。体が……痺(しび)れたように動かない。

「残念ですけど、さすがにそう何度もやられてはあげられませんよ。だけど安心してください、毒じゃありません。あたしの依頼主はあなたたちを殺そうなんて考えてません。ただ、魔女様の死を望んでいるだけなんですよねえ。王子様方、よーく考えてくださいね、時間はもう残されてません。まもなく今の国王は命を落とします。そうしたら、国は滅びます。あなたたちが助かるすべはありません。だから……魔女様を差し出してください。この国が助かる唯一の方法です」

「そんなことはない！」

叫んだのはランディだった。

「わ、私が今すぐ子を作る！　そうすれば……契約は果たせるはずだ！」

震えながら必死に言う。

「そうだよ、ランディ兄様を誰だと思ってるのさ。手あたり次第女を弄んできた、希代の淫乱尻軽男だよ。女の一人や二人や百人、明日の太陽が昇る前には孕ませてるんだからね！」

ジェリー・ビーがへたり込んだまま自慢げに言うと、ランディはちょっと傷ついたような顔をする。

「あはぁ！　無理ですよ。あたしの依頼主は言ってました。あなたたちが絶対子を作れないように呪いをかけたって。試してみるといいです。自分の無力を理解するのと、この国が滅ぶの……どっちが早いでしょうねえ。まあ、あたしはどっちでもいいですよ。滅んだ国であなたたちが魔女様と一緒に野垂れ死にしたって、結果は同じことです。あたしの依頼主の目的は果たせます。魔女様は必ず死ぬと、もう決まっているんですよねえ。だったらせめて、王子様らしくこの国だけでも救ったらどうです？　救ったところで何の価値があるかは、あたし知らないですけどねえ」

フィーは馬鹿にしたように笑った。

「忠告はしましたよ。選ぶのはあなたたちです。せいぜい後悔しない選択を」

背を向けてその場を去ろうとし、部屋から出る直前に振り返る。

「そうそう、この場所には二度と近づかないでくださいね。またあたしが追い出さないといけなくなっちゃいますから」

ちょっと怖い顔を作って忠告すると、彼女は手を振って今度こそ出て行った。

「くそ……あの糞ブス……誰に口きいてるつもりなのさ……！」

体の動かないジェリー・ビーはあまりの屈辱にぶるぶると体を震わせた。

すると、ランディが駆け寄ってくる。

「お前をまきこんでしまってすまない。戻ろう。オーウェン兄上なら、その毒を解毒できるはずだ」

毒ではないとあの女は言っていたが、ランディはずいぶん心配して焦っているらしかった。まあ、悪い気はしない。弟とはこうして兄に傅かれる存在であるべきなのだ。

「さあ、乗って」

ランディは背を向ける。ジェリー・ビーは体を引きずって兄の背に乗った。

ランディは慎重に立ち上がり、ジェリー・ビーを背負って地下室を後にした。

暗い地下道を運ばれながら、ジェリー・ビーは不思議に思った。

あの女は……何故来たのだろう？

ジェリー・ビーは悪魔憑きだ。ただの人間よりずっと感覚が優れている。自分だけが感じ取れることがあるはずだ。自分だけが分かることがあるはずだ。

あの女はどうして……あの場所に来た？

そのことを、ジェリー・ビーはずっと考え続けた。

第五章　魔女様は国を捨てる

「ちょっといいかげんにして！　いつまで私をこんなところに閉じ込めるつもり！」

ナユラは地下牢の中で叫んだ。閉じ込められてから二日が経っている。最後にナナ・シェトルが来てから、誰も近づいてこない。

以前といい今回といい、牢に囚われがちなのは何なんだ。

自分をここで保護したところで、事態は何も好転しない。

ヤトがこの場に現れてナユラが魔力を取り戻すか……ナユラが命を捧げてヤトに魔術を解かせるか……この国が助かる方法はそのどちらかだ。

最悪、自分が命を捨てる覚悟はできている。三百年生きてその覚悟ができていないというのは、いささか往生際が悪いというものだろう。

エリックが目覚めて猶予がなくなった今となっては、隠れているヤトの居所を突き止める時間はもはやない。彼の居所を知る人間なんて、いるわけがないのだから。

だったらやっぱり、自分が死ぬしか……

「魔女様、お待たせしてすみません」

懊悩しているナユラの前に現れたのは、女官のナナ・シェトルだった。

手に鍵の束を持っている。鈍い鉄色の光が、輝く薔薇の花束に見えた。

「合鍵を見つけてくれたのね！　ありがとう！」

ナユラは目をキラキラさせて、鉄格子の隙間から手を伸ばした。

「いちおう、鍵と思しきものは全部持ってきたのですが……」

ナナ・シェトルは牢の前に膝をつき、鍵を一つ一つ鍵穴に挿してゆく。

「ああもう……あの子たちは本当に、いつもいつもとんでもないことばかりする万年反抗期のひねくれ者なんだから……」

ナユラは盛大なため息とともに、鉄格子のそばにしゃがみこんだ。ナナ・シェトルの手さばきを必死の思いで見守る。

「ですが……これは魔女様を守るためなのですよね？　王子殿下はそれだけを考えておられるのだと思います。魔術師に……命を狙われているのでしょう？」

「え、ええ……そうね」

その魔術師が自分の姉であることを、もちろんこの女官は知っているはずだ。

ナナ・シェトルはふと手を止め、じっとナユラを見つめた。

「どうしたの？」

「魔女様も、王子殿下を守ることだけを考えておられるのですよね」

「いや、私は国のことをちゃんと考えてるわ」

王子たちほど暴走しているわけではない。

「王子殿下は魔女様を溺愛していて、魔女様の言うことしか聞かない……なんて、王宮の中では言われていますが、本当は逆なのでしょう？　王子殿下が魔女様を想うより何倍も、魔女様は王子殿下を愛していらっしゃる。魔女様こそが、王子殿下を溺愛なさっているのですよね」

急に言われ、ちょっと困った。というか、恥ずかしくなった。

「いや、それは……もちろん愛してるわよ。私の息子たちだもの」

照れ隠しに何でもないという顔で答えると、ナナ・シェトルは眩しいものを見るように目を細めた。

「それがどうかした？」

「血の繋がった家族でも分かり合えないことはあるというのに、魔女様と王子殿下は血を超えた絆で結ばれているのだなと……少し羨ましくなりました。ですが私は、私にできることしかできませんから……家族を、失いたくはありませんから……」

ナナ・シェトルが王家に対する忠誠心と、姉への想いで引き裂かれそうになっていることが、手に取るように分かった。魔術師が自分の姉だと分かっても、それを言えなくて苦しいに違いない。もういっそ、あなたとフィーが姉妹だということは分かっているると伝えた方がいいのだろうか？　しかし優しい彼女のこと、伝えたとたんに罪悪感から王宮を去ると言い出しかねない。いったいどうするべきか……

「魔女様……どうかこの国を……私の家族を……お見捨てにならないでくださいね」

ナナ・シェトルの真摯な瞳が訴えてくる。その瞳に突き動かされ、ナユラは鉄格子から手を伸ばし、彼女の手を強く握った。

「もちろんよ、ナナ・シェトル。この国は必ず救うわ。あなたの家族を犠牲にしたりしないから、心配しないで」

励ますように言うが、ナナ・シェトルの顔は不安そうだ。

「大丈夫よ、この国は私の命一つで救えるの。ね、どうやったって滅びようがないのよ。私は以前、教会の総主教と約束したもの。この国を守るって。息子たちが生まれたこの国を私も愛してる。だから、なんにも心配しなくて大丈夫なのよ」

にこっと、無理やり笑ってみせた。笑うのはそんなに、上手じゃない。作り笑いなんてほとんどしたことがない。自然に笑えるのはあの子たちが傍にいる時だけだ。そんなあの子たちが生きる国を、絶対に守ってみせる。

そう決意するナユラを見つめ、ナナ・シェトルはゆっくりと頷いた。

「魔女様……私、魔女様を信じています」

不安はぬぐい切れていないが、それでも彼女の瞳には力が戻っている。

そのことにほっとして、頬が自然と緩んだ。

ナユラにつられたか、ナナ・シェトルもちょっと表情が柔らかくなった。

「すみません、魔女様。鍵は全部違っているみたいです」

最後の鍵を差し込み、申し訳なさそうに言う。

「ええ!?　全部？　もう……どうしたらいいのよ……」

がっくりと肩を落とすナユラを見て、ナナ・シェトルは決意するように顔を上げた。

「王子殿下に、魔女様を外へ出してほしいとお願いしてきます」

「うう……あの子たちがまともに人の話を聞くとは思えないけれど……」

「それでもお願いしてみます」

ナナ・シェトルはそう言って、ぱたぱたと地下から出て行った。


魔女を閉じ込めて早二日——この日も朝からジェリー・ビーとランディは書庫にいた。そこに、青い顔のアーサーが入ってくる。

「おい……絶対あの男をとっ捕まえて、俺たちにかけた魔術を解かせるぞ」

開口一番怖い顔で言う。

「何今更なこと言ってんの、バカじゃん」

　ジェリー・ビーが冷たくあしらう。

「……十人の女の子に言い寄られて一晩中布団の中で震えていたみたいな顔をしてるが、大丈夫か？」

　ランディがびくびく怯えながらも、心配そうに聞く。アーサーはぎくりとし、ますます怖い顔になった。

「え、図星なのぉ？　ルート兄様の体、甘く見たんでしょ。やっぱバカじゃん」

　ジェリー・ビーは鼻で笑う。

　アーサーが言い返しかけた時、昨日出て行ったきりだったオーウェンが戻ってきた。

　オーウェンは小さな腕で大きな書物を抱え、てくてくと歩いてくる。

「とても重要なことが分かったぞ」

「……何が分かったんです？」

　ランディが緊張の面持ちで聞いた。

「リンデンツの国民は悪魔憑きにならない」

　言われ、兄弟たちは首をひねる。

「わかんねーよ、もっと詳しく言えよ」

　アーサーが不満そうに促した。

「リンデンツの国民は、悪魔憑きを発症しない」

「言い方変えただけじゃねーか！　情報足りてねえよ！」

　文句を言われ、オーウェンはしばし考え――

「フレイミー嬢が教えてくれた」

「誰だそれ」

「あ、それってドルガー王の予言書を王宮に持ち込んだ、あの女でしょ」

「ああ、私たちは今度友達になることになったんだ」

「は？　何それ。妄想？　キモ」

「お前に友達なんてできるわけねえだろ！」

　弟たちは口々に失礼すぎることを言う。

「妄想じゃない。友達になる約束をしたんだ」

　オーウェンはちょっと口をとがらせて言い返す。

「騙されてるんじゃないの？　金むしられても知らないからね。胡散臭い女と手を切りたいなら、僕がカノジョの振りしてあげようか？　ほら、僕に太刀打ちできる女なんていないからさぁ」

　ジェリー・ビーが体を傾けて可愛いポーズをとる。

「騙されてなんかない。私たちはお互いを尊重してるんだ」

「え、びっくりするほどヤバいこと言ってなーい？」

「いや……そんなことより、オーウェン兄上。話の続きを聞かせてくれないか？」

ランディが恐る恐る口をはさんだ。

「ああ、そうだな……フレイミー嬢が教えてくれたことなんだが、リンデンツの魔力系疾患は大学病院に記録されるんだ」

「だからなんだよ」

「だが、その記録の中に悪魔憑きはいない。他国ではしばしば発症する悪魔憑きという疾患は、リンデンツの国民において発症した例がない。これはリンデンツの国民が悪魔の恵みを受けていることに由来すると考えられる。唯一悪魔憑きを発症するのが――王家の人間ということだ」

オーウェンは一息に説明した。早口すぎて、弟たちは聞き取るのに苦労した。

「えーと、それってつまり……」

「ヤトがリンデンツ国内で悪魔憑きとなったなら、彼は紛れもなく王家の血筋の人間だということだ」

「それって、あいつがドルガー王だっていう証拠になるわけ？」

「とても可能性が高くなったと考えられる」

「ふうん……」

ジェリー・ビーは少しばかり不満そうに黙考し、思い出したように口を開く。

「あのさあ……ちょっと変なことがあるんだけど、この王宮にスパイとかいる？」

「スパイ？　なんだよそれ」

「ヤトと繋がってるヤツ、この王宮にいない？　なんかさあ、あいつにこっちの動きバレてる感じするんだよねえ」

ジェリー・ビーは昨日再び悪魔の棲む泉に行ったことと、そこで魔術師のフィーに襲われたことを説明した。

「体は大丈夫なのか？」

オーウェンがぺたぺたと小さな手で弟の体に触る。

「すっごくムカつくんだけど、時間が経ったら勝手に痺れが取れて、普通に動けるようになった」

「そうか、ならよかった」

「よくねえよ。スパイがいるんだろ？」

アーサーが思い切り眉を怒らせる。ルートの顔なのに、信じられないほど険しくなっている。いつも使われていない怒りの表情筋が、ここ数日で悲鳴を上げているんじゃなかろうかというほどだ。

「僕はいる気がするんだよねえ。全然つけられてる感じしなかったから、凄腕（すごうで）のスパイかもね」

「……スパイを捕まえればあの男の居場所が分かるってことだな」

「そういうことだよねえ」

ジェリー・ビーはにんまりと笑った。

そこでまた、書庫に一人の男が飛び込んできた。

部屋で眠っているはずのルートだった。

「お前！　何勝手に起きてんだよ！」

アーサーがたちまち目を吊り上げる。

そんな弟を手で制し、ルートは息を整えて口を開いた。

「女官たちが知らせに来た。父上が……血を吐いたそうだ。もう、長くないかもしれないと医師も言っているらしい」

王子たちは全員息をつめた。父親の死を、彼らは十年かけて覚悟してきた。殺しても死にそうにない、ちょっと人として色々どうかと思うこともあるような父だったが、病には抗（あらが）えない。分かっていたことだから今更狼狽えたりはしない。それでもとっさに言葉は出てこなかった。

そもそもどうして、寝ているルートにわざわざ知らせるのかとも思うが、どういう状況であっても大抵みんなが頼るのはルートなのだった。

「じゃあもう、本当に時間がないってことなんだね」

ジェリー・ビーが無感情に言う。いつも感情的な少年が無理に気持ちを殺している
のがありありと分かる。

「そうだな……時間がないな」

長男のオーウェンが同意する。

五人の王子たちは顔を突き合わせ、しばし黙り込んだ。

しんと静まり返った書庫の中、ジェリー・ビーが口を開いた。

「あのさぁ……そもそも、僕らがこの国を救う理由ってあるのかなぁ？」

兄たちの視線が末弟に集まる。

「僕は国よりナユラの方がずっと大事だよ。ナユラの命を差し出さないと救えない国
なんて、救う必要あるのかなぁ？」

「ジェリー・ビー……お前、いいことを言うじゃないか」

同意したのはルートだった。

「そうだ……私たちがこの国に固執するからこんなことになっているんですよ。だっ
たら、国なんて捨ててしまえばいいんです」

額に脂汗をかきながら、ルートは晴れやかに言い切った。

地上に出る階段を上がりながら、ナナ・シェトルはため息を吐く。

自分は蝙蝠(こうもり)みたいだ——なんて思ってしまう。

秘密を作って、隠し事をして、どちらにもいい顔をして、嘘を吐く。

何でこんなことになったのかなと思う。

この性格が悪いのだと思う。

人に言われたことに逆らえない。

頼みごとを断れない。

それでも大事なものだけは守りたい。

だからこんな、蝙蝠みたいなことをやっている。

せめて魔女様の居心地がよくなるように、地下牢からは出してあげたい。

王子たちが集まっているはずの書庫へ向かうと、中から声が聞こえた。

「国なんて捨ててしまえばいいんです」

温厚な第三王子のその言葉に、ナナ・シェトルは息が止まりそうなほど驚いた。

王子たちの会話をしばし聞き、その計画の全貌を把握すると、ナナ・シェトルはそっとその場から離れる。

急ぎ王宮を飛び出して、吹雪の中をアジトに向かう。

かなりの時間歩き、雪まみれになって小屋に転がり込むと、木箱に座っているヤトがこちらを向いた。まるで植物みたいに彼はそこから動かない。その対角線上に姉のフィーがいて、不愉快そうにナナ・シェトルを睨んだ。

「何かあったんですか？」

「……王子殿下が動きます」

「あは、あの王子様たちがどう動くっていうんです？　魔女様の命を差し出す覚悟でもできたんですか？」

　嘲笑う姉の声を無視して、ナナ・シェトルは告げる。

「王子殿下は、魔女様を連れて国外へ逃げるつもりです」

「はあ!?　嘘でしょう？　仮にも王子様が、国を見捨てるっていうんです？」

「……王子殿下は五人とも、国より魔女様が大事だ……と、決断なさいました」

「あは……あはははは！　王子様なんて、ほんとどいつもこいつもどうしようもないクズばっかりですねえ」

　フィーは心底可笑しそうに笑った。

　ちらと目をやると、ヤトは凍てついたような表情でしばし黙っていたが、ゆっくりと立ち上がった。

「……国より大事……か」

かすかに口角が上がる。それは笑みの形をしているのに、とても笑っているように
は見えなかった。
「くだらない幕引きだ。俺から逃げられると、本気で思うほど馬鹿だったとはな」
そう言って、ヤトは吹雪の中へと出て行った。
このままでは……本当に国が滅ぶ。ナナ・シェトルはぞっとする。
「フィー・メリー姉さん、私と一緒に……」
「行くわけないですよねえ、お馬鹿さん。本当にくだらない幕引きですよ。だけどま
あ、ここまで来たからには最後まで、滅びの時まで見物させてもらいますけどねえ」
フィーはこちらを見ようともせず、ヤトの後を追って小屋から出て行く。
残されたナナ・シェトルはしばしその場に立ち尽くし、決意する。
このままここにいてはダメだ。自分も国を出なくては……
腹をくくり、再び吹雪の中へと駆けていった。

「母上、良い解決方法が見つかりました」

ようやく会いに来たかと思うと、王子たちはそんなことを言いだした。

一瞬嫌な予感がしながら、ナユラは地下牢の中で小首をかしげた。

「どんな方法？」

「そんなのどうでもいいじゃん。とにかくここから出ようよ」

と、ジェリー・ビーが牢を開ける。

「え、ちょ、ちゃんと説明を……」

「まあとにかく行きましょう、先生」

オーウェンが小さな手でナユラの手を取り、引っ張る。

「いや、何なの？　先に説明して」

訳が分からなすぎて怖い。

「いいから歩けよ」

アーサーが背中を押す。

最後尾をランディがついてくる。

そして数時間後――ナユラと王子たちは都のはずれの雪原に立っていた。

「いや……だからなんでよ！」

ナユラは吹雪に向かって叫ぶ。

ここまで無理やり引きずられてきたものの、いくら聞いても説明は何もない。

「え、何なの？　本当に何なの？　どういうこと？　何の冗談？」

「もちろん冗談ではないですよ」

ルートが笑った。少し元気になっているのは、人の多い都を離れたからだろう。

「私たちは、この国を捨てることに決めました」

ナユラは口をぽかんと開けて固まった。説明しろと言ったのはこちらだが、説明されても結局何も分からない。

「この国はもう助かりません。だから私たちは、母上を連れて逃げることに決めたんです。せめて私たちだけでも助かるように」

さらに説明され、ナユラの頭の中は一瞬で沸騰した。

「馬鹿なことを言うんじゃないわよ！　私さえ死ねば解決する問題なのよ！」

信じられない。本気でこんなことを言ってるのかこのバカたちは！

「先生の命で解決するような問題は、解決する必要がない問題ですよ」

オーウェンが小さな手でナユラの手をしっかと握り、放すまいとしている。

彼らの本気を示すかのように、背中にはそれぞれ旅の荷物が背負われていた。

「この六人ならさ、どこに行ったってやっていけるよぉ。ナユラが魔術を使えなくたって、僕らが養ってあげる。僕ってお金になると思うんだよね」

「いや……いやいやいやいやいや、お願いだからちょっと待って、正気に戻って、あなたたち……自分が何をしてるか理解してないでしょ」

ナユラはくらくらした。もう、どう叱ったらいいのか分からない。目を離したらろくでもないことをしでかす万年反抗期の厄介な子供たちだと分かっていたけれど、まさかここまでやるとは思わなかった。

「こんなこと許されないわ。国を見捨てるなんて、できるわけないでしょ」

「じゃあしかたねえな」

と、アーサーがいきなりナユラの体を肩に担ぎあげた。

「さらっていくしかないよねえ」

ジェリー・ビーが楽しそうに笑う。

「この先に村があります。今夜はそこで一泊しましょう」

ルートが吹雪の先を指した。

「こんな風にみんなでお出かけするのって初めてだよねえ」

「そうだな、せっかくだから楽しもう。こういった経験は、魔術研究にも役立つかもしれないしな」

「こらー！　私の話をちゃんと聞きなさい！」

ナユラは担がれたまま大暴れする。落ちかけたナユラの体を、ランディとルートが支えた。

「危ないだろ、動くんじゃねえよ」

「どうして話を聞いてくれないの！」

「俺らの話を聞いてねえのはお前だろ」

「先生が、私たちを尊重していないからですよ」

「ナユラがバカだからじゃん」

「母上は死にたいのですか？」

「……俺たちは……ナユラを死なせたくない」

王子たちが口々に言った。

ナユラが死ぬ覚悟だと言ったから……だからこんなことをすると……？　彼らの目はナユラを責めているようですらあった。しかし、ナユラには自分の行動の何が彼らを怒らせているのか分からなかった。

だって自分は三百年も生きた魔女なのだから……死んだって……いいのでは？

「お前はやっぱり魔女で、俺らの気持ちなんか少しも分かってねえんだよ。だから俺たちは、お前をさらって逃げることにしたんだ！」

彼らが再び雪の中を歩きだした、その時――

「待ってください！」

女の声に引き留められて一行は振り返る。

ナナ・シェトルが決死の形相で雪の中を歩いてくるのが見えた。背中には小ぶりな荷物を一つ背負っているものの、とても遠出する格好には見えない。

「私も……お供させてください……！」

「ナナ・シェトル!?　どうしてここに……」

ナユラは担がれたまま無理やり振り返って問いかける。

「計画を、聞いてしまいました。すみません」

「私たちをつけてきたということは……きみがスパイなのかな？」

ルートに聞かれ、ナナ・シェトルはぎくりと体をこわばらせた。

「スパイ？　どういうこと？」

「母上、ヤトにはフィー以外の協力者がいると思います」

「え!?　あんな男に二人も協力者がいるっていうの？」

しかもそれが目の前のたおやかな娘だなんて、にわかには信じられない。

ナユラが否定の言葉を求めて彼女を見ると、ナナ・シェトルは苦渋の表情で俯いた。

「スパイ……とかでは……ないです。ヤトさんの味方というわけでも……。この国を滅ぼしたいなんて考えてません。ですが……ヤトさんに情報を漏らしていたのは……私です」

「嘘でしょ……あなたがあんな男と通じてるなんて」

「……申し訳ありません」

ナナ・シェトルは深々と頭を下げた。

「へーえ、やっぱりいたんだ、スパイ」

　ジェリー・ビーが得意げににやっと笑った。

「悪いなぁ……いけない子……食べちゃおっか？」

　愛らしく小首をかしげる。

「……私だって好きでこんなことをしているわけではありません」

「じゃあ帰りなよ」

「……帰れません」

「なんでさ」

「………国を滅ぼそうとする者から、この国を……私の大切な家族を……守りたいからです」

「きみは国を守る意思があるのか？　それならどうして、ヤトに情報を流した？」

　ルートが厳しく問いただす。怒っている時の彼は本当に怖い。

「きみは二重スパイでもするつもりか？　向こうに情報を流して信用させて、今度はこちらの味方になるとでも？」

　追及は止まらない。しかしナナ・シェトルも引かなかった。

「私を連れて行ってください。あなた方の望みどおりに動きます。私はこの国を守りたいのです」

おとなしげなこの娘が、ここまではっきりとものを言うところを初めて見た。

「うざあ……ずっとびくびくしてたくせに、何急にやる気だしてんの？　守りたい守りたいって、何の力もないヤツが喚いたところでキモいだけなんだけど。ねえ、こんなヤツほっといて、早く行こうよ」

ジェリー・ビーが嫌そうな顔で言う。

「そうだな、こんなヤツの相手してる暇ねえよ」

アーサーも同意し、彼女に背を向けて歩き出した。

「こら、待ちなさい！　あの子を置いていくつもり？　こんな雪の中に？」

ナユラは慌てた。

「……そうですね、害にはならなそうですが、戦力にもならないでしょうから」

ルートがにこっと笑う。

「待ってください！」

ナナ・シェトルは懸命に追いかけてきた。

「ヤトさんは私より早くここへ向かって出発しました。きっともう、すぐ近くにいるはずです。あなた方を狙っているかもしれません。私は今まで彼と一緒にいました。私なら、間に入って交渉できると思います」

必死に言うが、王子たちの反応は冷ややかだ。

「私が彼なら、あっさり敵に鞍替えした蝙蝠の話など聞かない」

ルートの言葉は辛辣だった。

「っ……お願いです。連れて行ってください」

「そんなに自分の命が惜しいかよ！　国ほっぽりだして、一人だけ逃げようって考えが俺は気に入らねえ！」

いや、お前が言うのか？　と、ナユラは思った。真っ先に逃げ出してきた身で、何を偉そうに説教しているのか。

「というか――彼がこっちへ向かったというのは本当なのか？　だとしたら、それは私たちの勝利だ」

「まあな、俺らの勝ちだ」

「あー寒かった。ここまで来た甲斐あったね」

「あ！　そういうことね？」

ナユラはようやく気が付いた。ヤトが近くに来れば、ナユラは魔力が使えるようになる。あっさりと簡単に、問題は全て解決するのだ。

「もしかして……あなたたち、それを狙って？」

ヤトをおびき出すために、ここまで来たということなのか？

「彼がそこまで先生に執着しているなら、逃がすはずはない――と、ルートが思いついたので、実行してみました」

「……国を見捨てたんじゃなかったのね？」

　この子たちなら本気でやりかねないと、ナユラは心底思っていたのだ。

「だいたいな、この状況で国を捨てますとか、そんな短絡的なこと考える馬鹿、この世のどこにいるってんだ」

　アーサーが嘲笑うように言った。この子たちならやりかねないと思ったことが申し訳ない。

「ねーえ、とにかくあの村まで行こうよ。ここじゃ寒いもん」

　王子たちは再び歩き出した。ナナ・シェトルはもう見向きもされなかったが、歯を食いしばってついてくる。後ろ向きに担がれていたので、最後尾を歩く彼女の姿がよく見えた。

　ほんの一瞬……彼女の唇が弧を描くのを、ナユラは見た。

　少し歩くと村に着いた。不思議なことに、都から離れれば離れるほど雪の量は少なくなる。この吹雪が紛れもなく、教会を——いや、悪魔の泉を中心に起こっているのだと改めて感じた。

「ごめんくださーい」

　ジェリー・ビーが可愛い声で村のはずれにある小屋の戸を叩いた。

顔を見せたのは農夫の一家で、吹雪の中現れた身なりのいい一行に警戒心のこもる目を向ける。

「ねえ、僕たちを泊めてよ。いいよね、ありがと」

「ご厚意に感謝します。もちろんお礼はしますので」

「この村は魔術薬草の産地ですよね。どこにありますか？　山の中ですか？　泊めてくれてありがとうございます」

「別にもてなしてくれなくていいぜ。とりあえず飯だけ喰わせてくれよ」

ほぼ押し込み強盗みたいな勢いで入り込む王子たちを、農夫一家は本気で押し込み強盗だと思ったらしく、鍬(くわ)や鋤(すき)を手にして威嚇してきた。

王子たちは肩に女を担いでいるという犯罪者のいでたちだから、農夫一家の反応は至極当然のものといえよう。

「何だお前ら！　うちには金目の物なんてねえぞ！」

「まあ、そう言わずに」

ルートがにこやかに笑いながら農夫の手を握る。離すと同時に農夫の手から鍬が取り上げられ、畑仕事を長年続けてきたであろう硬く節くれだった手には似つかわしくない、金貨が握られている。

「え！　あ、これ……は……な、何なんですか……？」

農夫の戦意はたちまちくじけた。

「ああ、勘違いしないでください。これはあくまであなた方のご厚意に対するほんの気持ち……あいさつ程度です。正式なお礼はまた後日、必ずしますので」

押し込み強盗の勢いのまま、ルートは黄金色に輝く笑顔で相手を黙らせた。

「あなたたちが本気で国を見捨てようなんて考えてなくてよかったわ」

農家の食卓に落ち着くと、ナユラは改めて涙ぐむ。

「まだ言ってる。僕らのことなんだと思ってるのさ」

「厄介で面倒な万年反抗期の王子たち」

ナユラがうっかり正直に言ってしまったので、王子たちは全員すねた顔になった。

「まあいいじゃないの。ごはんいただきましょうよ」

目の前のテーブルには硬いパンとチーズが並んでいて、それは精いっぱいのごちそうなのだろうと思われた。

ナユラと王子たちを食卓に案内した農夫一家は、すでに隣の部屋に避難してしまった。黄金の輝きでも、彼らの警戒心を取り去ることはできなかったと見えて、時々戸の隙間からこちらの様子をうかがっている。賢明な判断だと思う。こんな怪しい一行を、うかうかと信用してはならない。

「一緒にご飯食べるの久しぶりね。最近は料理も全然してないし……久しぶりに何か作りたいわ」

ナユラはパンを嚙みしめて呟いた。

「この家の食料をあまりたくさん食べてしまうのも悪いですしね。材料はいくらか持ってきていますから、台所を借りますか？　母上」

ルートが聞いてくるが、ナユラは首を振った。

「魔術が使えないもの」

途端、王子たちは怪訝な顔をする。

「包丁や鍋を使って自分で普通に料理すればいいのでは？」

その言葉にナユラは愕然とする。

「包丁や鍋を使って自分で普通に料理する……？」

生まれてこの方、一度もしたことがない。

「ねえ、ルート。料理って……指を振れば勝手にできあがるものなのよ」

至極真面目な顔で、魔女は言った。

「繊細な包丁さばきだけが料理というわけじゃないの。便利な力を駆使して手抜きするのも、立派な料理なのよ！　たとえ一度たりとも包丁を握ったことがなくたって、できたものが美味しければそれでいいじゃない？　そもそも私、包丁の握り方なんて知らないのだから！」

　堂々と言ってのける。

「そんなこったろうと思った」

　アーサーが可笑しそうに笑った。こんな風に素直に笑うのは珍しい。

「……じゃあ、俺が作ってやろうか？」

「え？　あなた料理、できるの？」

「少しだけな」

「はーい、僕もやる」

　ジェリー・ビーが面白がって手を挙げた。

「楽しそうだな、私も手伝うぞ」

　オーウェンが椅子の上にぴょこんと立ち上がる。

「じゃあみんなで分担してやろうか」

　ルートがまとめた。

　みんなが席を立つと、ランディも怯えながら立ち上がり、兄弟たちについていく。

　これは急にどうしたことかと、ナユラは成り行きを見守った。

　ルートは農夫たちに台所を使う許可を取ると、自分たちが持ってきた荷物の中から色々な食材を取り出した。

「非常食に持ってきたものだけど、使ってしまおう」

米や豚の塩漬けや干し野菜を取り出し、鍋にかけたり煮たり炒めたり。

ナユラはびっくり仰天、その様子を眺めた。

「あなたたち、料理できたの？」

「母上が朝食を作るところをいつも見ていて、おもしろそうだと思って、時々みんなでこっそり作ってました。上手くできたら母上に食べてもらおうと思って」

「あ、ゆーなよバカぁ」

ジェリー・ビーが可愛く口をとがらせる。

「そうだったの……全然知らなかったわ」

ナユラは感嘆の吐息を漏らした。そういえば、人が料理を作っている姿なんて今までろくに見たことがない。新鮮な気分でその姿を見つめる。

たった十年でこんなにも……あっという間に大きくなってしまったのだなと思う。瞬きするような短い時間だったように思う。

食卓に残っていたチーズやバターを鍋に放り込み、塩や胡椒をぶち込んで味を調え、料理は完成した。

「リゾット？」

「別に名前はねえよ」

「まあ概(おおむ)ねリゾットですよ」

　人数分盛られた皿に匙(さじ)を入れ、ナユラはとろりとした概ねリゾットをほおばった。熱くて火傷(やけど)しそうになる。

「……美味しい」

　じんわりと心まで温かくなるような気がした。本当はちょっと塩気がきつすぎるけど、世界一美味しい……

「美味しすぎて涙出ちゃう……」

「バカじゃん」

　ジェリー・ビーが照れ隠しにきついことを言う。

　ナユラはじーんとしながら最後の一匙まで残さず食べた。

　台所を片付けて、借りた一部屋に毛布を敷き詰め、ナユラと王子たちはその毛布にくるまって眠りにつく。

　部屋の端には、毛布を被って一人膝を抱えているナナ・シェトルの姿がある。

　彼女はずっとナユラたちについてきているが、あれからずっと口を開くことはなく、王子たちも彼女を無視している。

「寒いわよ、あなたもこっちに来たら？」

ナユラはそっと声をかけたが、ナナ・シェトルは緩く首を振って固辞した。彼女はずっと背負っている小さな荷物を、何故か一度も下ろそうとしない。

「もう寝ようよ」

ジェリー・ビーが気を引くように右腕にしがみついてくる。

「寝ましょう」

オーウェンの小さな体が左の肩口に抱きついてくる。

ルートはオーウェンを守るみたいに体を寄せ、アーサーはそんなルートに背中を向けて——くっついている。

怯えて離れようとするランディを、ジェリー・ビーが引き留めて自分をあったためさせるように密着する。六人は、ひと塊になって毛布の中で温め合った。防寒着を着込み、靴を履いたまま、いつでもここから飛び出せるようにして……

窓の外では酷い吹雪の音がする。

その音を聞きながらうつらうつら眠りに落ち……深夜、ふと目を覚ました。

音が……吹雪の音がしない。

耳がおかしくなってしまったかと思うような静寂に、ナユラは身を起こした。

王子たちは引きずられて目を覚ます。

「ナユラぁ……どうしたのさ」

ジェリー・ビーが眠そうに眼をこすった。

「え……雪が止んでる」

ルートがすぐに気づいて立ち上がる。

ナユラも立ち上がって、木製の窓を押し開けた。

何日も続いた吹雪は止んでいた。久しぶりの静けさは耳に痛いほどで、雲の晴れた空には満月が浮かんでいる。その光に照らされて、一面の銀世界が星をまぶしたようにキラキラと輝いている。

「最後の夜は楽しめましたか？」

一同が声の方を見ると、白く光る雪原に黒い男が立っていた。

ずっと行方をくらましていたヤトがそこにいた。

彼は指をちょいちょいと動かし、手招きする。

王子たちは寝起きでしばしぼんやりしていたが、戦意の光をたちまち瞳に宿らせた。

「馬鹿が。まんまと出てきやがった」

「こんな簡単に引っかかるなんて、ほんと馬鹿。だっさー」

全員小屋から雪原に飛び出し、ヤトを睨む。引きずられて連れ出されたナユラは、転げそうになった。

「先生、これで魔力が使えるようになりましたよね？」

聞かれ、ナユラは手を持ち上げた。けれど——

「使えない……」

ぽつりと零れた。自分の力が全く反応しないのが分かる。

放心するナユラと王子たちを見て、ヤトは可笑しそうに笑った。

「俺が禁じました。俺が近くにいても魔術が使えないように。俺から逃げようとした罰ですよ、魔女様」

「はあ!? そんなことできんのかよ!」

アーサーが怒りをあらわに喚いた。

「できるんですよ、俺の力は魔女様より強いので」

その言葉に王子たちは瞠目する。

「ナユラより強いだと? そんなヤツがこの世にいるってのか?」

しかしナユラは驚かなかった。この男が強いことなど知っている。その気になればナユラを殺せることとくらい知っている。

「これが最後の夜だと思ったので、邪魔はしないであげました。お別れをするには十分な時間だったでしょう?」

ヤトはふっと笑った。

「みんなで一つの料理を作って、分け合って食べて、一緒に眠って……上手に偽物の家族ができてましたよ。あなたたちは……可愛いね」

馬鹿にしているというには彼の口調は優しすぎた。ナユラは緊張感で自然と目つきが鋭くなったが、王子たちはそれに気づかずヤトに噛みつく。

「何なんだよ……お前は何なんだよ！　お前は本当に……ドルガー王なのか!?」

アーサーが叫んだ。途端、ヤトの表情が歪んだ。

「あなた……何言いだすの？」

ナユラも啞然として聞き返す。

「私たちは肖像画を見たんです」

ルートの説明に、ナユラは舌打ちしそうになった。やはりそうか……あんなクソッタレな肖像画、さっさと燃やしておくべきだった。

「俺が……ドルガー王だと？　そう思うのか？　俺があの男だと思うのか？」

ぞっとするような声でヤトが言う。口調が変わっていた。今までの軽い慇懃(いんぎん)さが消え失(う)せていた。

彼はぐしゃぐしゃと頭をかいた。髪をかき上げると、突如その色が変わった。

「俺とあの男のどこが似てるって？」

それを見て、王子たちは愕然とする。

「赤くない……」

ヤトの髪の色は人のそれと思えぬ青色に染まっていた。肖像画に描かれるドルガー王と、似ても似つかぬ色だ。

「あんな男に似ていてたまるか。俺はあの男を信用したが、あの男は俺を裏切った。俺はあの男を愛したが、あの男は俺を殺した。そんな男に、どうして俺が似ていると思うんだ？」

苦々しげにうめくヤトの髪の色は、段々と元の黒に戻ってしまった。

「あなたに侵されたこの色は、そう簡単に消えないな、魔女様」

ヤトは皮肉っぽく笑う。そして——

「ああ、これも返しておきましょう」

思いついたようにポケットから何かを取り出し、ジェリー・ビーに向かって放った。

ジェリー・ビーはびくっとしながらもそれを受け取る。

「なに……これ？」

手に握られたものを見て、王子たちは全員怪訝な顔をした。

小さな銅貨が一枚、そこに収まっていた。

「お布施はいらない。俺が求めるのはあなたたちの魂であって、信仰ではない」

その言葉を聞き、彼らは数拍停止した。そして同時に青ざめた。

その銅貨は、ジェリー・ビーが教会の地下の泉に投げ込んだものだ。泉の悪魔に捧げられたものなのだ。それを、彼は持っていた。

「お前は……泉の悪魔……？」

「人間は俺をそう呼ぶ」

淡々と肯定され、王子たちは反応できずにいる。

目の前にいる男がこの国に恵みをもたらしてきた悪魔だと、にわかには信じられないに違いない。彼らはあくまで、ヤトが人間である前提で物事を考えてきただろうから――

「あーあ……おかしいと思ったんだよねえ。なーんで僕たちが泉に近づいたこと、あの魔術師が気づいたんだろうってさ。スパイがいたからだって思ってたけど……お前が泉の悪魔なら、自分に近づいてくる人間に気づくのは当たり前だよねえ」

ジェリー・ビーが皮肉っぽく言う。

「そうか……俺がお前の悪意に気づかなかったのもそのせいか！」

アーサーが悔しげに歯噛みする。

「俺の異常は……人の悪意を感じる俺の能力は……泉の悪魔から与えられたものだ。だからお前には利かなかったってことかよ！」

王子たちの怒りや狼狽をまぜこんだ瞳に射貫かれ、ヤトはふっと笑った。

やっと気づいたのか……とでも言いたげに。

その時、小屋からナナ・シェトルが遅れて出てきた。彼女は思いつめた表情で、ヤトの方へ駆けて行った。

「え！　ナナ・シェトル！　ダメよ、危ないわ！」

ナユラはとっさに叫んだが、その制止も聞かず、彼女はヤトの腕をつかんだ。

「ヤトさん！　姉をどうしたんですか？　一緒だったんじゃないんですか？」

縋(すが)りつかれ、ヤトは煩わしげに振り払った。そして、背後から腕を回し、彼女を拘束するようにして首を絞め上げる。

「さて……どうしますか？　魔女様。あなたの力が俺に及ばないことなど、あなたは十分分かっているはずだ。あなたが王子殿下やこの国を守りたいなら、とるべき道は一つしかない」

ヤトはナナ・シェトルを絞め上げる腕に力を込めた。彼女は苦しげにうめく。

「彼女の首が折れるまでに決めてください。あなたが死ねば、俺はこの肉体から解放される。魔女の使い魔なんかでいる必要はない。さあ……その命を捧げろ」

冷酷な声で選択を迫られ、ナユラは覚悟を決めた。いや――最初から決めていた。

自分はもう、十分生きたのだ。

「その取引に応じるわ。彼女を放しなさい」

「いい子だね、魔女様」

ヤトは危うい笑みでナユラに手を差し伸べた。

ナユラは一つ息をつき、足を踏み出した。

「ナユラ！　やめろ！」

アーサーが叫ぶ。

「あんなヤツ、僕が喰ってあげるよ」

ジェリー・ビーが妖しい目で睨む。

ランディはナユラの手を震えながらがっちりつかんで放そうとしない。

オーウェンはてくてくと前に出て、足を踏ん張り身構えた。

「やめなさい！　私が敵わない相手に、どうしてあなたたちが敵うと思うの！」

「乳離れができてないんでしょう、可愛いですね」

ヤトがからかう。

「……あなたは誰です？」

探るように聞いたのは、ずっと考え込んでいたルートだった。

「……話が理解できませんでしたか？」

ヤトは気の毒そうに聞き返した。

「あなたは私たちに恵みをもたらした泉の悪魔……けれど、その体は？　あなたは悪魔憑きだ。あなたは泉の悪魔と、泉の悪魔にとりつかれた人間が融合した存在……そあなたは……悪魔ではないあなたのもう半分、人間の部分は……いったい誰です？」

途端、ヤトの表情が強張った。ナユラはぞっとし、叫んだ。

「やめてルート！　泉の悪魔をこれ以上怒らせないで！」

契約不履行により、彼はずっと怒っている。これ以上怒らせたらリンデンツは完全に滅ぶ。

「いや、おかしいじゃん！　お前に怒る権利ないじゃん！」

ジェリー・ビーが怒鳴った。

「そもそもお前が原因じゃん！　国に恵みをもたらすはずのお前が、契約を破棄させるような呪いを僕らにかけるなんて、詐欺じゃん！」

「そうだ！　お前は詐欺野郎だ！」

アーサーが乗った。

このガキどもは恐れというものを知らんのか！

「確かにおかしい。あなたは詐欺行為を働いている。まあ、泉の悪魔の生態について詳しく教えてくれるなら、見逃してやらなくもないが……」

オーウェンがわくっとしている。それは今言うことじゃないと思う。

「なるほどね、だが契約条項にそんな条件はないのですよ。詐欺じゃありません」

にこっと笑ってヤトは答えた。

「そして……俺には怒る権利がある」

添えられた言葉は冷ややかだった。

ルートはそんな彼を観察する。

「それはあなたの半分……人間の方に関わることですか？」

ヤトの表情はまた強張った。

ルートは手を緩めない。

「ジェリー・ビーは、ドルガー王とあなたは同じにおいがすると言いました」

「におい……？」

「血のにおいでしょう。けれどあなたは、ドルガー王に殺されたとさっき言った。つまりあなたはドルガー王ではないのですよね？　だとしたらあなたは……悪魔憑きになりうるリンデンツ王家の人間で、ドルガー王に顔や血が酷似している近親者……そして彼に殺された人間……。あなたは……悪魔にとりつかれて殺されたと伝説に残っている、ドルガー王の……息子……ですか？」

風もない雪原に、彼の声はよく通った。

悪魔にとりつかれてドルガー王に始末された王子……その存在を知る者は多くない。教会の人間か、リンデンツ王家の者くらいだろう。ドルガー王の研究をしているフレイミーが初めて王宮を訪ねてきた時、オーウェンがその存在を口にしている。

王子たちは驚きをもってヤトを凝視する。

「ドルガー王の息子が死んで、泉の悪魔にとりつかれた……それがあなたですか？」

静かに問われたヤトは、長く深い息を吐いた。

「……もう十分だ。王子を殺せ」

無感情に命じる。

「はいはい、やっぱり人使い荒いですねえ。こんな寒いところでずっと待たせて」

何度も聞いた声が月夜に響いた。全員同時に背後を見ると、小屋の屋根に季節を舐め腐った格好の魔術師フィーが立っていた。

「またお前！　しつこいなあ！」

ジェリー・ビーが怒鳴った。

フィーはそんな怒声など気にもせずぱんと両手を合わせる。

「いち、にい、さん、しい、ごお」

数えて開くと、手のひらから五つの火球が飛び出した。

「はあ？　またそれ？　馬鹿ってほんと……なんでこう馬鹿なんだろ」

ジェリー・ビーは侮蔑極まるという態度で片手を突き出した。

襲い掛かる火球がそこに吸い込まれそうになり——しかし軌道を変えて火球は雪原

に落ちた。

「ちょっと、どこ狙ってんのさ」

呆れたジェリー・ビーの足元が、揺れた。足元の雪が解け、水になって、五人の王子を呑み込んだ。水は王子を呑み込み、五つの球体となってふよふよと宙に浮かんだ。

水の球に閉じ込められた王子たちは中でもがくが、水の球はびくともせずに王子たちを捕らえ続けている。

「ふう……ちゃんと溺れ死んでくださいねえ」

フィーは満足そうに額をぬぐった。

「何を……してるの？」

ナユラはその様を茫然と眺めていた。

「何って、王子様が最期の時を迎えようとしてるんですよ」

フィーが愉快そうに答える。

「姉様！　そんなことはやめて！」

ヤトに捕らえられたままのナナ・シェトルが叫ぶ。

「あなたには関係ないことですよ、ナナ・シェトル」

「王子殿下が全員死んでしまったら、国は滅ぶのよ！」

「あははははは！　馬鹿じゃないんですか？　他ならぬ泉の悪魔自身が、それを望んでるんですよ。初めから、この国は見限られているんですよねえ」

「そんな……」

「だけどあたしはお代さえもらえれば満足です。国なんて滅んでも困りません。あたしはどこの国でだって生きていけますからねえ。あたしにとって彼は泉の悪魔じゃない。ただの依頼主でしかないんですよ」

姉妹はほとんど怨嗟の声が聞こえてきそうな目つきで睨み合っている。

そんな彼女たちと、水の球に閉じ込められて苦しむ王子たちを見て、ナユラはもう一度聞いた。

「お前は何をしているの？」

その問いは、ナナ・シェトルを絞め上げているヤトに向けられていた。

「あなたの愛する王子様を始末しようとしている」

平然とした答えが返ってきた。

「何故？」

ナユラの声も同じくらいに平坦だった。

「私は死ぬと言ったわ。お前は私を殺せばそれで満足なんでしょう？」

「彼らはあなたを渡さないだろう。邪魔をしたから、仕方がない」

「……あの子たちを殺すというの？」

「そう言ってる」

しん……と、空気が鳴りやんだ。時が止まったかのような静けさの中、ナユラは自分の左手を見た。手のひらに魔法陣が刻まれている。

ずっと昔……北の森にこもるよりも前、ナユラが自分の手のひらに刻んだものだ。

ナユラはその魔法陣の中心に右手の親指の爪を刺し、魔法陣を縦に切り裂いた。

パキンと何かが割れる音がする。二百七十年の間制限し続けてきた力が音も魔法陣も無視して体の中を駆け巡る。全身から立ち上る空気が、夜より暗く世界を染める。

「お前に封じられた魔力を返してもらうぞ」

冷ややかに告げて左手を持ち上げた次の瞬間、ナユラとヤトの間に激しい火花が散った。火花はナユラの腕を焼き、左腕の袖が焼け落ちた。火傷と裂傷だらけになった左腕をだらりとたらし、ナユラは右手でヤトを指さした。

言葉もなく……表情すらなく……指先を斜めに小さく振り下ろす。

「お前……俺の封印を……無理やり……！」

最後まで言う前に、ヤトの体は肩から腰までかけて斜めに切断された。

噴き出す血の中で解放されたナナ・シェトルは悲鳴を上げて座り込む。

「ヤトさん！　ダメです！　死んではダメ！」

ナユラは必死の悲鳴に背を向けて、王子を閉じ込めた五つの水の玉を見る。

瞬き一つで、水の玉は弾(はじ)けた。

溺れ死ぬ寸前で助け出された王子たちは、むせかえりながらナユラを見た。

彼らが生きていることを確かめ、ナユラはヤトに歩み寄った。

半分にちぎれた体でも、彼はまだ生きていた。

当たり前だ。悪魔憑きで、魔女の使い魔。この男はそう簡単に死なない。

「俺の封印を解いたのか……」

ヤトは血を吐きながら呻(うめ)いた。

「この左腕はもう使い物にならないな。だが腕一本でお前の封印を断ち切れたのなら安いものだ。お前に魔力を封じられたままではお前を殺せないからな」

「俺を本気で殺せると……」

ナユラは再び彼を指さし、真横に指を振った。

彼の首が切断されて雪上に転がる。

さらに腕を、足を、一本一本切り落としてゆく。

音もなく、魔法陣もなく、ナユラは魔術を使ってゆく。

ナユラは音と魔法陣で魔術を使う。それは自分に課した枷(かせ)だ。音と魔法陣を介さなければ魔術が発動しないよう、左手の魔法陣で定めていた。そのように枷をはめなければ、北の森の魔女は人を殺しすぎる。息をしただけで、人を殺(あや)めてしまう。

その枷を外し、腕一本の犠牲を払い、ナユラは五十年封じられてきた魔力を彼の手から取り返したのだ。

「ナユラ！」「先生！」「母上！」

王子たちが背後から呼んだ。ナユラがゆらりと振り返ると、彼らは一瞬震えた。

「母上……彼をどうするつもりですか？」

「大丈夫よ、すぐに殺すわ」

「先生、彼を殺したら、融合していた泉の悪魔は泉に戻るんですか？」

オーウェンが淡々と聞いてくる。いつものようなわくわく感はない。

「大丈夫よ、それも一緒に殺す」

その言葉にルートが青ざめる。

「泉の悪魔を殺すおつもりですか？　そんなことをしたら、リンデンツは……」

「二度と作物の実らない死の土地になってリンデンツは滅んでしまうけれど、ただそれだけのことよ」

「それだけって……母上は、国を見捨てられないと言っていたじゃないですか！」

ルートはいつもの彼らしくなく焦った様子だ。

だからナユラは、彼が安心するよう分かりやすく説明してやる。

「この男が、私の命を捧げれば国も王子も助けると言ったからね。それで済むならいいと思ったわ。だけど……この男はあなたたちを殺すと言った。彼はこの国で最も強い悪魔で、私はきっとあなたたちを守り切れない。だから、殺すわ」

「母上……国を滅ぼしてもいいというんですか？」

「当たり前でしょう？　あなたたちに危険が及ぶなら、国なんていらないわ。百万の民が百万回死に絶えたって構わない。この国はもう滅ぼす」

「ナユラ……本気で言ってるのかよ」

アーサーが声を震わせながら、呟くような問いを投げてくる。

「もちろん本気よ。世界を全部集めたより、あなたたちの方がずっと大事だもの」

「だろうな、お前が愛した最初で最後の人間なんだろう」

言われ、振り返るとさっきまで切り刻まれていたヤトの四肢がいつの間にか繋がり、彼は当たり前のように立っていた。

「しぶとい男だ」

「ああ、殺さない限りお前の愛しい王子を狙い続けるぞ」

「大丈夫だ、今殺す」

「ナユラ！　待ってよ！　僕らの国なんだよ！　なくなるなんて嫌だよ！」

ジェリー・ビーが叫んだ。

「ジェリー・ビー……わがまま言っちゃいけないわ。あなたは可愛いけど、何でも思い通りになるわけじゃないのよ。あの国はもう諦めなさい。ね？」

優しく言いおき、ナユラは抹殺の意思を込めてヤトを指さした。

「まずいよ……ナユラ、キレてる」

「ああ、まずいな。先生を止められる人なんて……」

「つーか、ナユラを止めたところでこれ、解決しねえだろ」

王子たちは震えあがった。

リンデンツが……滅ぶ。その時——

「……魔女様……最後の警告です」

思いつめた声が、睨み合う魔女と使い魔の中に割って入った。

ヤトの血に汚れたナナ・シェトルが、立ち上がってじっとナユラを見つめた。

「ヤトさんを殺さないで。リンデンツを滅ぼさないで。みんな助けてくれるって、約束してくれましたよね？　約束を、守ってください」

真摯に乞う。

「それはできない、ごめんね」

ナユラはあっさりとその頼みを退けた。ナナ・シェトルの表情はひび割れるようにひきつった。激しい怒りを諦めの感情で追い出すように、深々と嘆息する。

「そうですか……やはりドルガー王の予言は正しかった。あなたは……あなたこそが

「ナナ・シェトル、何の力もないのならどいていて。危ないわ」

この娘は何を言っているのだろうかと訝りながら、ナユラは彼女を排除する。

……リンデンツを滅ぼす悪鬼です」

突如、彼女は言った。

「私には生まれた時から不思議な力がありました」

「私は人や物に触れると、そこに刻まれた過去や感情を覗くことができます」

「……なんですって？」

「そしてドルガー王は……二百年前の英雄王は、潰れた右目で未来を見る力がありました」

「…………は？」

「魔女様に潰されてから、見えるようになったようです」

ナユラは絶句した。ずっと昔、あの男が森を訪ねてきたときのことを思い出す。確かにナユラは、彼の目をえぐった。

「リンデンツ聖教会は、二百年前ドルガー王が建てたもので、彼が幾度も訪れている場所です。そこで育った私は、教会の建物に何度も触れて、そのたびにドルガー王が生きていた頃の姿を見てきました。そしてある時、ドルガー王は未来視で私の存在を知り……私に向かってお願い事をしてきました」

突拍子もない話に、誰もが言葉を失っていた。

中でも一番驚いていたのは、彼女の姉であるフィーだった。

「ドルガー王は私に言いました。いずれ、ナユラという魔女がリンデンツを滅ぼそうとする。それを止めろ――と」

「なっ……私が滅ぼそうとしたわけじゃ……いや、確かに滅ぼすって言ったけども」

ナユラは慌てて言い訳しようとする。

「私は人に頼まれると断れませんので、しぶしぶドルガー王の頼みを引き受けました。魔女様の女官になって、お傍に侍り、魔女様がこの国を滅ぼそうとする時を待ち続けていました。どうしても国を滅ぼすことをやめてはくれないようですので、これからドルガー王の頼みを最後まで遂行することにします」

彼女は、そう言ってずっと背負っていた荷物を下した。その中から、一冊の本を出す。それは、ヤトが呪いを仕掛けたドルガー王の予言書だった。

「あなた勝手にそれを！」

驚くナユラの目の前で、ナナ・シェトルは予言書を開いた。

「この予言書に何が書かれているか分かりますか？　これは……ドルガー王が書いたただの落書きです。何の意味もないくだらない文字の羅列です。けれど……この文字は、悪魔の泉の水を混ぜたインクで書かれたものです」

その言葉に、反応した者はいなかった。ナナ・シェトルは小首をかしげる。

「意味が分かりませんか？　つまりこの予言書には、ドルガー王と泉の悪魔の過去や感情が刻まれている。私は、それを覗くことができます。そして……私はそれを人に見せることもできるのです」

そう説明すると、彼女は予言書を目の前に掲げて見せた。

「魔女様、あなたとドルガー王が過去に何をしたのか……ヤトさんがどうして魔女様をこんなにも憎んでいるのか……これから王子殿下たちにお見せしますね」

言われ、ナユラは固まる。そしてヤトも固まった。

「え……えええええええ！」

ナユラは真っ青になって絶叫した。

「待って待ってお願い待って！」

「今更反省してももう遅いです、国を滅ぼす恐ろしい魔女様……」

ナナ・シェトルは容赦なく予言書を開いた。華奢な手が、そこに刻まれた文字を柔らかくなぞる。予言書から、すさまじい光が放たれて、世界を一変させた。

第六章　昔々魔女様は

泉の悪魔は醜かった。
汚泥を練り固めたような体はどろどろと蠢き、酷い臭いがした。
しかし強大な力を持っていて、大地に恵みをもたらすことさえできた。
臭く、醜く、強く、恐ろしい泉の悪魔に近づいてくる者はいなかった。
そんな時、一人の魔女が現れた。
魔女は泉の悪魔に話しかけてきた。
とても美しい女だった。
悪魔は自分の醜い姿が恥ずかしくなった。
けれど彼女はそんな悪魔に、怖がりも嫌がりもせず近づいてきた。
悪魔は初めて人と言葉を交わした。
北の森に棲み始めたその魔女を、泉の悪魔は遠くからずっと眺めていた。
何年も何年も……眺め続けていた。

数十年経ったある日、悪魔の泉に一人の男がやってきた。

ドルガーと名乗る男は、悪魔と契約したいと言ってきた。

泉の悪魔に今までそんなことを申し出た人間はいない。

泉の悪魔は醜く恐ろしく、人は誰も近づかない。

「俺は別にお前が醜くてもかまわない。お前が強い悪魔であればそれでいいのさ。北の森の魔女がお前を強い悪魔だと言った。俺はその言葉を信じる」

泉の悪魔は震えた。

醜いでも、臭いでも、怖いでもなく、強いと……あの魔女は言ったのか……

「俺が信用できないか？　ならば、まずは友人になろう」

男はそう言った。

友人というものが、泉の悪魔にはよく分からなかった。

ただ、この世に出でて初めて、人から必要とされたのだ。

泉の悪魔は男と契約した。

彼は泉の悪魔のために教会を建てて、国民の信仰を捧げた。

それは泉の悪魔が求め続けて一度も得られなかったものだった。

国はどんどん豊かに立派に育っていった。
この国が好きだなと泉の悪魔は思った。
ドルガーは泉の悪魔の友人だった。
彼は教会と王宮を繋ぐ地下道を通って、時々悪魔に会いに来た。
悪魔はそれが嬉しかった。
それ以外の時は、泉の中から相変わらずずっと魔女を眺めて過ごす。
それから数年経ったある日……ドルガーの息子が死んだ。
まだ十五歳の王子だった。
ドルガーにそっくりな、青い髪の少年。
名前はヤトといった。
その遺体を見て、悪魔は思った。この遺体にとりつけば……人になれる。
友人であるドルガーの息子になれる。
息子が蘇れば彼は喜ぶだろう。
そして……醜い悪魔の姿を隠せば……あの魔女に会いに行ける。
泉の悪魔はドルガーの息子にとりついた。
起き上がった時、ヤトは泣いた。
醜い悪魔に魂を喰われ、体を乗っ取られた。

こんな化け物になってまで、生きたくはなかった。

自分はこの少年を……喰うべきではなかったのだろうか……？

ヤトの魂と悪魔の思考は次第に溶け合い、どちらがどうだか分からなくなる。

ただ、お腹がすいている。

何かが……人が喰いたい……

異常な飢餓感で歩き回るヤトは、兵士に捕まって暗い森の中へと連れていかれた。

そこには父が待っていた。

「お前は俺の国にいてはいけない生き物だ。悪魔憑きは無限に人を喰うという。お前の腹を満たしてやることはできない」

彼は冷たい目でそれだけ言うと、ヤトの首を剣で刎ねた。

「ここで朽ちてゆけ。悪魔の本体は泉の中にあるのだろう？　それだけあれば十分だ。人間にとりついた部分はいらない」

首を失った息子の胴体に向かって、父は言った。

背を向けて立ち去り、父は二度と戻ってくることはなかった。

自分は彼の何だったのだろう？

ドルガーにとって泉の悪魔は、友人なんかじゃなかった。

ただ恵みをもたらすための道具だったのだ。

父にとって自分は、愛する息子じゃなかった。

国に危険が及ぶのなら、たやすく切り捨てられる存在でしかなかった。

自分は彼を愛しているが、彼は自分を愛していない。

首を転がしたまま、長いこと考え続けた。

やがて首はくっついたが、帰る場所はもうなかった。


息子と友人を捨てた森を、ドルガーはしばし見つめていた。

北の森……この奥には魔女がいる。

あの魔女に力を与えられてから、ドルガーは彼女にえぐられた瞳に未来を見た。

それは断片的で、自分の意思とは無関係に流れ込み、自分では制御できない。

最初に見たのは北の森の魔女の前……別れ際、彼女の名前を聞かなかったなと思った瞬間だった。

「ナユラは綺麗だな」「先生が好きです」「母上が一番悪い」「ナユラってばほんと馬鹿」「俺はお前が嫌いだ」

そんな声が聞こえ、一瞬の白昼夢を見た。

北の森の魔女が、五人の少年に囲まれて笑っている姿だった。

その日から、ドルガーはたびたび未来を見る。

最初の息子が生まれた時、息子が泉の悪魔にとりつかれる未来が見えた。

悪魔憑きになった息子が、国中の人を喰い散らかす未来を見た。

泉の悪魔との契約を、不当に破ることはもうできない。

制御できる相手にどうにかしてもらうしかなかった。

泉の悪魔を殺してはならないのだ。

そうしてドルガーは息子と友人を森に捨てた。


ヤトは森の中をさまよい歩いた。

人が喰いたい……その一心で歩き続けた。

とりついたばかりで魔力は不安定なまままろくに使うことができず、自分がどこにいるのか把握することすらできなかった。

暗い森を数日さまよっていると、その女は突然現れた。

「さて……どうしたものか……」

北の森の魔女だった。

「お前、あの男の息子……泉の悪魔……だろう?」

穏やかに問われ、しかし答えることはできなかった。

そんなことより人が喰いたい……肉を食いちぎって血を舐め、生気をすすりたい。

そのことしか考えられなくなっていた。

目の前の肉を喰いたい……

「それはよくない」

魔女は心を読んだみたいに淡々と言った。

「悪魔の力が強すぎて、肉体の中に抑えきれていない。本体は泉の中にあるようだが……精神は全部その肉体にとりついてしまったのか……このままでは餓えて狂うぞ」

言われても、そんな言葉はもうろくに聞いていなかった。

目の前の肉を食らうことしか考えず、ヤトは魔女に襲い掛かった。

「人の話はきちんと聞けと、あの男はお前に教えなかったか？」

魔女はぴゅうと口笛を吹き、腕を振った。

辺りの木々に絡まる蔓が、触手のように動いてヤトの体を縛り上げた。

「哀れだが、お前はこの世に生きているべきではない。人の肉体にとりつくことをやめて泉に戻れ、泉の悪魔よ」

その言葉もやはりヤトには通じなかった。

魔女は淡く嘆息し、鼻歌を歌った。柔らかく腕を振る。

縛り上げられたヤトの体は、首と四肢を切断されて地面に落ちた。

「さあ、泉に帰れ」

そう告げると、魔女は森の奥に去っていった。

次の日、ヤトは四肢を繋いで森の奥へと足を踏み入れた。

魔女はまた現れた。

「お前……あれで死ねなかったか」

と、魔女はまた口笛を吹いた。縛り上げられ、全身を切り刻まれる。

百の肉片になって、ヤトは地面にばらまかれた。

「今度こそ帰れ」

しかし翌日……

「お前……あれでも死ねなかったのか……」

魔女は驚きをあらわにしてヤトの前に立っていた。

ヤトは最後の肉片を繋いだところだった。

腹が減りすぎて何も考えられない。

魔女は腹立たしげに嘆息し、口笛を吹いて今度は茨の檻にヤトを閉じ込めた。

「魔力が強すぎて死ねないんだな。分かった、死ぬまでつき合ってやる」

それから毎日、魔女はヤトを殺しに来た。

茨の檻に閉じ込められて、ヤトはろくに動くこともできないまま、毎日毎日切り刻まれた。

雨の日も、雪の日も、春も夏も秋も冬も……魔女はヤトを殺し続けた。

息子と友人を森に捨てて十年後、ドルガーは遠い未来を見た。

リンデンツが滅ぶ……未来を見た。

国を滅ぼすのが北の森の魔女だと知った時、ドルガーはさして驚かなかった。

北の森の魔女がどれほど恐ろしいかは、自分が一番知っている。

ドルガーは国を救うための未来を探し、探し、探し……一人の少女を見つけた。

その少女は過去を覗き、確かにドルガーを見ていたのだ。

その少女はドルガーの声を聴き、快くドルガーの頼みを引き受けた。

国を救うためなら何でもすると言った。

そんな少女のために、ドルガーは一冊の予言書を作った。

いつか泉の悪魔はこれを使い、国を滅ぼすきっかけを作る。

彼は魔女の死を望み、魔女の愛する者に手をかけ、魔女の逆鱗に触れるだろう。

そして魔女は国を滅ぼす。

彼女はどこまでいっても北の森の魔女で、普通の女になることはありえない。
だから――ドルガーはこの予言書を作ったのだ。

雨の日も、雪の日も、春も夏も秋も冬も……魔女はヤトを殺し続けた。

それは七十年の間続いた。

七十年間、魔女はヤトを殺し続けたのだ。

それでもヤトは死ねなかった。

理性も知性も失い、獣のように魔女に襲いかかることしかできなかった。

「私の負けだ、降参だ」

その日、魔女は言った。指を鳴らし、茨の檻を解く。

「人が喰いたいなら私の魔力を喰わせてやる」

そう言うと、魔女は体が修復されたばかりで倒れているヤトに覆いかぶさり、唇を塞いだ。

そこから、甘く熱い何かが流れ込んでくる。

体がきしみ、何かが作り替えられているような痛みを感じた。

長い時間のたうち回り、くらくらしながら起き上がる。

七十年ぶりに、ヤトの頭は冴えわたっていた。

「お前は今から私の使い魔だ。私の魔力で養ってやろう」

そう言うと、魔女はどうでもよさげに立ち上がった。

ヤトは茫然と魔女を見上げた。

七十年間切り刻まれたことを……ヤトの頭ははっきりと覚えていた。

「父上はどうして俺を殺したんだ……」

七十年ぶりに発した言葉はそれだった。

「お前の父はもう死んだよ。人間は驚くほど短命だ。お前も私もとっくの昔に成長が止まって、いつまで生きるか見当もつかないのにな。私たちはきっと、人間ではないのだろう」

「……お前がいなければ俺はこんな体にならずにすんだ。ドルガーだってきっと、俺を殺そうとしたりはしなかった」

「俺とはどっちだ？　悪魔か？　王子か？」

その問いの煩わしさに歯噛みする。

どちらも自分だ。

あのまま病気で死んだままでいればと思うのも、その体にとりつきたいと思ったのも、どちらも自分だ。

　自分は……何だ？

「どちらにしても今のお前は悪魔憑きで、魔女の使い魔だ。で？　お前はこれからどうしたい？」

「……お前を殺したい」

　ぽつりとこぼす言葉を聞き、魔女は満足そうに頷いた。

「正解だ」

　その意味が分からず、ヤトは彼女を睨んだ。

「使い魔は魔女が死ねばともに死ぬ。魔力が強すぎて死ねないお前を殺す唯一の方法だ。お前は私を殺すんだ。そうすれば、悪魔憑きは解消される。人の魂は天に昇って、悪魔の部分は泉にある本体に戻るだろう」

「だったら今すぐ殺してやるよ」

「残念だが、私もそう簡単に死ねるほど弱い生き物ではないんだ。お前は確かに私より強い悪魔だが――釣り合いの取れない肉体と融合して力の制御ができていない今のお前では、とても殺せない」

　魔女はヤトの心臓のあたりを指さした。

「殺したいなら……死にたいなら……力の制御を覚えることだ」

　そうしてヤトは、魔女の使い魔になった。

そうして何年もの時が過ぎた。

魔女を殺す……そのことだけを考える。

力の制御ができるようになり、泉の奥にある本体の力も全て使えるようになって本来の力を取り戻せば、魔女を殺すことは容易いだろう。

特に何をするわけでもなく、ただ毎日魔女を見ていた。

魔女は、驚くほど自分の力を制限して生きている。

音や魔法陣で自分を縛って、極端に力を使いづらくしている。

その手のひらに刻まれた魔法陣を見せられた日のことを……初めて会った瞬間のことを、思い出す。

「お前が全ての制限を取り払って全力を出したら……本来の力を取り戻した俺とどっちが強いだろうな」

「さあ……私はこの縛りを解く気はないよ。全力で戦うことなんてありはしない」

それはきっと本気だろう。全力を出す気があるのなら、ヤトを殺すのに七十年もかけはしなかっただろうから。

この魔女が全力で戦うことはないのだろう。

自分はただ、今の彼女を超えればいい。

そうすれば魔女を殺せる。この肉体を脱ぎ捨てて、泉に戻ることができる。

病で死んだ人間として、天に帰ることができる。

その日を待ち続けて時は流れる。

ヤトの肉体は眠りを必要としなかったが、魔女は時々何日も眠り続けて目を覚まさないことがあった。

眠る魔女は無防備で、簡単に殺してしまえそうな気がする。それなのに、ヤトは眠る魔女に指一本触れることなく、ただ見つめ続けるのだ。

また数十年の時が過ぎた。

ある春の日、魔女の暮らす小屋の前に花が咲いた。

北の森にはほとんど花が咲かないから、それは珍しいことだった。

花が咲き、枯れて、次の花が咲き、枯れて……そうして半年の間、魔女はその花を眺めていた。

だからヤトは、魔女の魔力を封じてしまうことにしたのだ。

魔女と出会って百数十年経っていた。

力はほとんど戻っていた。

自分はもう、魔女を殺せる。

けれどそれをせず、魔女の魔力を封じたのだ。

「お前は何がしたいんだ？」

魔女は怒るより不思議がっていた。

「さあ……何がしたいんだろう？」

自分でもよく分かっていなかった。

ただ、彼女が久々に自分をまっすぐ見ているなと思った。

そしてまた数十年……

「俺はここを出て行く」

ヤトは魔女に告げた。

「そうか、私を殺す覚悟ができたら戻っておいで」

魔女はそう言ってヤトを追い出した。

やはり一緒には来ないよなとヤトは思った。

百六十年ぶりに人里に出た。

たくさんの人間がいるが、喰いたいとは思わない。

都まで歩いていく。

かつて人間だったころ、何度も歩いた都の通りは、見違えるほど立派になっていた。

自分が与えた恵みでここまでになったのだなと思う。

かつて泉の悪魔だったころ、この国を好きだなと思ったことを思い出す。

ドルガーが望むようにしてやりたいと……

これを全部壊してやったら、あいつはどんな顔をするんだろう？

けれどドルガーはずっと昔に死んでいて、もうその答えは分からない。

彼の魂は、契約の通りヤトの腹の中に捧げられてしまっている。

そんなことを考えながら、ヤトはずっと都の人々を眺めていた。

十年が経った。

ヤトは都の賭場で飼われていた。

路地裏で人の歩みを眺めていたら、賭場を仕切る組織の頭とやらに拾われた。

面倒見のいい男で、ヤトは流されるまま頭のもとに居座った。

頭はおしゃべりな男だった。

「困ってるやつは俺が助けてやんのさ」

いつもそう言う。

ドルガーに……少し似ているような気がした。

そんなある日、北の森の魔女はリンデンツの兵士に捕らえられて王宮に連れてこられたと噂を聞いた。

ヤトは少し驚いて、王宮にもぐりこんだ。

「久しぶりだな」

平然とそう言ってくる魔女は、リンデンツの王妃になっていた。

ばかばかしすぎて世界が歪むような感覚があった。

「何をしてるんだ？」

「あい――を知りたかったんだ」

魔女の言うことは分からない。

「魔術が使えないと不便だな。そろそろ戻っておいで」

ヤトは魔女の召使として王宮に仕えることになった。

そうしてまた、魔女を眺める暮らしに戻った。

魔女は王子たちの前で、いったい何を見て学んだのかよく分からないが、どこにでもいそうな母親の振りをしていた。

ヤトは都で十年飼われて学んだ人間の振りで、魔女に仕えた。

「お前はいつ私を殺すの？」

魔女は時々聞いてきた。

「まあそのうちに殺しますよ」

ヤトはへらりと笑って答える。

「あの子たちが全員大人になるまでは殺さないでほしいわ。あの子たちにステキなお嫁さんを見つけなくちゃならないの」

魔女様はイキイキと言う。

だから、そろそろ殺そうかなと思ったのだ。

教会の主教たちはヤトが何者だかすぐに察した。

泉の悪魔にとりつかれて殺されたドルガーの息子——と。

自分はそんなに父に似ているのかと思うと、ヘドロに塗(まみ)れるような気持ちがする。

主教たちに紹介された魔術師を刺客として送ってみた。

この程度では死なないだろうが……と、思いながら、あたふたする魔女様をずっと見ている。

そしてあの日……教会の地下牢の中で……王子たちは言ったのだ。

悪魔の契約などくだらない……悪魔の恵みなどなくてもやっていける……と。

そうか……これだけ恵みを与えてやったのに……死してなお悪魔憑きになってこの世に引き留められる苦しみを味わったのに……それは全部無駄だったのか……

自分はこの国にもう必要ないのだろう。

だから今度こそ本当に、魔女を殺すことに決めたのだ。

◇　◇　◇

断片的に過去の記憶を見せつけられ、王子たちの頭は破裂しそうなほどに痛んだ。

気づくと全員雪原に膝をつき、荒い息をついている。

王子たちはしばし放心し、お互い顔を見合わせた。そして、雪原の一点に目を向ける。そこには右手で頭を抱えてぷるぷる震えている魔女がいる。

王子たちはもう一度目配せし合い、またナユラを見た。

「ナユラ……」「先生……」「母上……」

呼ばれたナユラはびくーんと跳ね、がさがさと右手で雪を掘り、頭を突っ込んで隠れようとする。けれど隠れたのは頭だけで、体は全部見えていた。

あまりにも情けない姿に王子たちは呆れた。

そしてまた目配せし合い――

「ナユラ、酷くない？」「酷い、本当に酷い」「酷すぎます」

王子たちの言葉に、魔女はううっと呻いた。

「いくら何でもこいつが不憫すぎるだろうが！　七十年殺し続けたって……お前正気か？　何をどうやったらあんな残酷なことできるんだよ！」

「あまりにも非道が過ぎます。いくら何でも一人の人間に接する態度じゃないですよ。人を何だと思ってるんですか、母上！」

「ヤトが可哀想じゃん！　なんでこの世に生きるべきじゃないとか言うのさ！　だったら僕も生きてちゃダメだっていうの？」

「先生、悪魔と人間の関係を殺す殺さないで解決するのは魔女として浅慮が過ぎると思います。というか、ヤトが普通に可哀想です」

「お、俺はナユラが恐ろしい魔女だって知ってるけど……これは酷すぎる……」

口々に責め立てられ、ナユラは泣きながら顔を上げた。

「私だって分かってるわよ！　だから隠したかったんじゃないの！　うわーん！」

「いや、隠せばいいというものではないですよ、母上」

「分かってるわよおおおお！」

「ああ……もうダメだわ……私は母の威厳を失った……もう何を言っても説得力皆無

……母親失格……」

また雪に顔を突っ込む。

ぶつぶつと呻く。

「あーあ、ヤト可哀想」「本当に可哀想です」「母上がいじめるから」「可哀想に」

王子たちは攻撃の手を緩めない。可哀想と何度も言われ、ヤトが震えた。

「お前ら……誰が可哀想だって……」

その言葉を最後まで言わせる前に、王子たちは彼に突進した。

全員でヤトを雪の上に押し倒し、上から人差し指を口の前に立てて沈黙を促す。

「てめえは十分可哀想だよ。黙って認めろ」

アーサーが彼の腹を叩く。

「十五歳で経験値が止まるとこういうことになるんですね。何百年生きても子供のまだ」

アーサーが叩いたところを、ルートがさすった。

「あなたの本当の目的は、先生を殺すことじゃなく、先生に殺されて全部終わらせることだったんですか？　私たちがあなたの存在を不必要だと断定したから？　それが悲しかったんですか？」

オーウェンが小さな体でヤトに乗っかりながら問いかける。

「でもさぁ……ほんとは違うよねぇ？」

ジェリー・ビーがイタズラっぽく笑う。

「そうだな、違うな」「ああ、全然違う」「大間違いですよ」

王子たちは異口同音に責め立てた。

「何が違うと？」

「最初から全部間違っていますよ。あなたは最初にすべきことを間違えた。母上も間違えたけれど、あなたはもっと間違えたと思います」

「あんなもん見せられて、恥ずかしくて顔から火が出るかと思ったぜ」

「まあ中身が十五歳だと思えば……いや、ジェリー・ビーの方がずっと男女の機微を理解してるな。私もよく知らないが」

「だから何が……！」

言葉の途中でジェリー・ビーがヤトの口を手で押さえた。

「お前はねえ……本当はこう言いたかったんでしょぉ？　百年前？　二百年前？　うん、もっと前に……最初に会った時、彼女にこう言うべきだったんだよ」

彼の口を手で押さえたまま、愛らしい顔を近づける。

「きみのことが好き……ってさ」

ヤトは驚愕に目を見開き、王子たちを突き飛ばした。

「その子たちに手荒なことをするのはやめなさい！」

雪上で悶えていたナユラが、はっとして立ち上がった。

今更過ぎて、王子たちはいささか呆れた。けれどそれを顔に出さず、ヤトをかばうように立ちはだかった。

「この人僕らの血縁者なんだから、いじめないでよね」

「はあ？　何馬鹿なこと言ってるのよ！」

「馬鹿じゃありません。私たちは母上の手から彼を守ると決めました」

「は⁉ な、何言ってるの？　危ないから離れなさい、そいつはあなたたちを殺そうとしてるのよ？」

面食らう魔女に対立するよう、王子たちは立ちはだかる。

「お前ら……何の真似だ？」

王子たちの背後でヤトが唸った。

そんな彼の袖を、オーウェンが引っ張った。

「あなたは勝手に死んではダメです。リンデンツに必要なので」

「っ……何を今更……」

手を振りほどこうとするヤトを、今度はジェリー・ビーが捕まえる。

「おとなしくしなよぉ。これ以上悪さすると、僕らがナユラに言っちゃうよ？　ねえ、それでもいいの？　無自覚な青臭いお前の気持ちを、僕らが盛大に無神経に情け容赦なくぶちまけちゃうよ？　それでもいいの？　ねえねえ？　そんな恥ずかしいこと耐えられる？　嫌だったらいい子で今まで通り僕らに恵みを与えなよ。僕らを殺そうとするそぶりを見せたりしたら、今すぐ言うからね」

「ジェリー・ビー……あんまいじめんなよ。そいつ泣いちゃうぞ」

「誰が……！」

「仲良くしましょう」

ルートが朗らかなほほえみで言い、ヤトの手を取った。

「私たちにはあなたが必要です。この世の誰よりあなたを必要としてるのは私たちです。あなたの魔女様じゃありません。私たちがあなたの居場所ですよ」

優しい誘いかけに、ヤトの瞳が揺らいだ。

「ほらほら、答えなよ」

ジェリー・ビーが袖をつかむ。

「あ、私たちに手出しするそぶりを見せたらその瞬間さっきの記憶が国中の人たちに伝わるような魔術を開発してみましょうか？」

服の裾をオーウェンが引っ張る。

「いいなそれ、羞恥心で死ねるな」

オーウェンの非道な思い付きに、アーサーが乗っかり、ヤトの肩に腕を回す。どさくさに紛れてランディが震えながら腕をつかむ。

「お前らは……悪魔かよ」

ヤトは口元をひきつらせた。

王子たちの手は彼を逃がすまいと必死に捕まえている。

ヤトはもう抵抗することをしなかった。

　茫然とそのさまを眺めているナユラに、ナナ・シェトルが近づいてきた。

「終わったみたいですね」

「わけが……分からないわよ」

「これで私も肩の荷が下りました。国を滅ぼす恐ろしい魔女からリンデンツを守るのはお前だと、過去を見るたび言われ続けてきたのですから」

「……ドルガー王は、いったい何をどこまで分かっていたの？」

「さあ……私が頼まれたのは、魔女様が国を滅ぼそうとする時に過去を見せて止めてくれと……ただそれだけですから。本当に恐ろしい王様でした……国を救うためなら何でもするだろ？　と脅されて、断ることもできずにこき使われました。二度とやりたくありません」

　ぶるっと震えながら彼女は言う。

「それは……申し訳なかったわ」

　ナユラは言い訳のしようもなかった。本当に……止めてもらって助かった。ドルガー王にも、感謝しておくべきなのだろう。

「私にはもう必要ありませんので、これをお返しします」

　ナナ・シェトルはドルガー王の予言書を差し出した。

「この予言書はでたらめな文字の羅列ですが、一つだけ意味のある言葉が書かれているのには気づきましたか？　最後のページを見てください」

言われるままに受け取り、めくる。

「ドルガー王から魔女様への伝言です」

そこには消えかけた文字でこう書かれていた。

『痴話喧嘩お疲れ様』

嘲笑うように一言。

ナユラはふっと笑い、音を立てて予言書を閉じた。

「あのバチクソろくでなし糞野郎……！」

終章

吹雪は止み、リンデンツを襲った天変地異は突如収まった。

それと同時に、国王エリックは再び眠りにつく。

眠る間際の言葉は――

「愛するハニーの夢を見てくるわ。あとよろしく」

だった。さすが我が夫、肝が据わりすぎだとナユラは尊敬した。


その数日後――

「では改めて、あの子たちにステキなお嫁さんを見つけよう作戦を開始します」

自室の机につき、ナユラは真剣な顔で言った。

「作戦名がアホ過ぎてビビりますね」

馬鹿にしたようにヤトが言った。

「あと、次にあの子たちの命を脅(おびや)かしたら今度こそお前を殺します」

「全部あなたのせいですけどね、俺の魔女様」

ヤトはそっぽを向いて答えた。

あれからなぜか、彼はナユラを見ようとしない。

何百年もずーっとこちらを観察していたくせに、どういう心境の変化だろうか？

少し考え、まあどうでもいいかと思い直す。

「二度と愚かなことを考えるなよ。今の私はお前を殺せるぞ。お前がいなくとも魔術を使える。逃げても追いかけてゆける。引き換えに左腕は失ったがな」

酷薄に脅す。王子たちはこの男の助命を求めたが、ナユラはこの男を信用していない。ヤトに封じられていた魔力を取り戻すために壊れた左腕は今も動かない。

そもそもこの男のせいで、昔のとがっていたころの姿を見られてしまったのだから……いや、それは自業自得なのだが……

「魔女様、手」

ヤトは久しぶりにこちらを見て手を差し出してきた。

「何だ？」

怪訝な顔をするナユラの動かない左腕を持ち上げ、ヤトはその手のひらに口づけた。

触れられた手のひらがぼうっと光った。ヤトが手を離すと、ナユラの左腕は元通り動くようになっていた。

「……治してくれたのか？」

「悪いのは全てあなたであって、俺ではないんですよ」

だから借りは作らないと……？

「まあ、感謝しておくわ。それじゃあ、作戦を開始します」


「それじゃあこれで、私たちは友達だ」

オーウェンは自分の魔術学研究室にフレイミーを呼び出し、手を差し出した。

体はもう大人に戻っている。

「では、よろしくお願いします」

フレイミーはその手を握り返した。

握手したまま、二人同時に礼をする。

堅苦しさがすごい。

「ところで都のはずれの農村に、珍しい魔術薬草があるんだが……」

「ドルガー王以前のリンデンツの研究資料が大学で見つかったのですが……」

「いや、魔術薬草の方が重要だろう」

「未発見の資料ですよ？」

二人はバチバチと睨み合う。

「……それでは両方やるということで」

「意義はありません」

二人は向かい合い、もう一度互いを尊重するようにお辞儀した。


ナナ・シェトルはルートの部屋に呼び出され、緊張の面持ちで向かった。

ヤトのスパイで、ドルガー王の手先で、信用のできない蝙蝠——自分がそう思われている自覚はある。

ため息をつきながら入室すると、ルートはにこっと笑いかけてきた。

「安心してほしいんだが、きみの力を口外したり利用したりしようなんて私たちは考えていないからね」

開口一番彼は言った。優しすぎて逆に怖い。

「ええと……何の御用でしょうか？」

「きみのこと、色々誤解していたと思って、謝りたかったんだ」

「あ、いえ……それは私が……悪かったので……」

「きみは国のために、本当に必死に力を尽くしてくれていたんだね」

言われて面映ゆくなる。確かに必死だった。魔女様がいつこの国を滅ぼそうとするか知らなかったので、常に行動を把握していなくてはならず、本当に大変だった。

「ありがとう。君の行動力は称賛に値するよ。きみは、本当に素晴らしい女性だ」

ルートは照れくさそうに言う。

こちらまで恥ずかしくなってきて、ナナ・シェトルは俯いた。

「何よりきみは、アーサーを色眼鏡で見ないってところが素晴らしいよ」

急にアーサーの名を出され、ナナ・シェトルは首を傾げた。

「アーサーと普通に接することができる女性はとても少ないんだ。私はきみに、もっとアーサーと仲良くなってもらいたいと思っているんだよ」

キラキラと輝く笑顔で言われ、ナナ・シェトルはのけぞった。

急に何を言い出すんだろう、この王子は……こっちは裏切り者の蝙蝠だというのに。

しかし頼まれると断れないのがナナ・シェトルという女なのだった。

「は、はい……努力します」

何とかそう答えて部屋を出た。

げんなりしながら廊下を歩いていると、とある部屋の前を通りかかった時にいきなり扉が開き、ナナ・シェトルは部屋に引っ張り込まれた。

ナナ・シェトルを引きずり込んだのはアーサーだった。

「な、い、いきなりなんですか？」

びっくりしすぎて心臓がばくばくいっている。

「お前に礼を、言っときたくて……助かったよ」

双子の思考は似ているのか……？

「いえ、私なんて……」

そう言って、部屋を出て行こうとする。

「待ってくれ。お前さ……」

と、彼はナナ・シェトルの腕をつかんで引き留めた。

照れたように顔が少し赤い。

「な、何でしょう？」

「お前……ルートのことどう思ってる？」

「……はい？」

「いや、あいつと体が入れ替わって、初めてあいつの大変さを知ったんだ。だから、むやみに近づいてくる女じゃなくて、もっとしっかりした女の方があいつにはいいんじゃないかって思ってさ……」

いや、ちょっと待って……

「あいつは本当にいいヤツなんだ。お前みたいなしっかりした自分の意思のある女が、あいつには必要だと思うんだ。だから、あいつと積極的に仲良くしてくれよ」

双子って……似ているものなのだな……

ナナ・シェトルは遠い目をする。

ドルガー王からの重荷を下ろしたばかりで、そんなことは考えられない。

けれど、ナナ・シェトルは断れない女なのである。

自分の意思……？　そんなのないです。

「は、はい……努力します」

するとアーサーは満足そうな顔になった。

退室し、盛大なため息を吐く。

何で兄弟で一人の女を押し付け合っているのだろう？　やっぱり双子って……

面倒ごとを押し付けられたような気分で、それ以上考えるのはやめておいた。

「頭脳明晰(ずのうめいせき)威風堂々、国の未来をしょって立つ生まれながらの支配者であるこの俺が何の役にも立たなかったなんて、あんまりだと思わないか？」

ランディは談話室で嘆いた。

「悪魔が生んだ奇跡の美少年、ある時は美少女のこの僕が代わりにがんばってあげたからいいんじゃなーい？」

同じ談話室のソファに座るジェリー・ビーが、自分のほっぺを指す。

「とにもかくにも、話は振出しに戻ったということだ。俺たちの中の誰かが子を作り、そいつが王にならなければ」

ランディは優雅に考えるポーズをとる。

「もう面倒だから、そこら辺の女を適当に十人くらい孕ませてきなよ」

「ははは、このわんぱくめ」

二人は威嚇するように笑いあう。

「まあ……ランディ兄様には無理かもねえ」

「何故？　俺は無理なんて言葉とは無縁な男だよ？」

「だって、ランディ兄様は優しいじゃん。あっちの怯えてる兄様の方が、本当の兄様って感じするよ。まあ、ああいうの僕はキモくて嫌いだけどさ」

ジェリー・ビーはソファにごろんと寝転がった。

「女の人、ほんとはあんまり好きじゃないよねえ？」

「そんなことはないさ」

「馬鹿でブスな女なんて僕も嫌ぁい。食べればまあまあ美味しいけどね」

ふふんと笑う姿はもう少年のものに戻っているが、攻撃的で繊細な少女のようでもある。

「まあ、どうにかなるだろう。泉の悪魔の弱みはがっちり握ったんだから」

「悪い男だなぁ」

「お互いにな」

そう言って、ランディは談話室から出て行った。

残されたジェリー・ビーがごろごろしていると、窓がコンコンと叩かれた。

見ると、開いた窓から魔術師のフィーが入ってくるところだった。

「え、何やってるのぉ？　お前、喰われに来たの？」

驚いて起き上がる。

「あなた方、よくヤトさんを受け入れましたね。あたしは絶対相容れないと思ってましたよ。あれは死人で、悪魔で、醜悪な化け物ですよ」

彼女は部屋に入りながら、そんなことを言ってきた。

「お前って本当に頭が足りてないね。僕らはさ、ナユラほど長くは生きないんだよ」

「……悪魔憑きのあなたでも？」

「僕は最強最高の美少年だけど、泉の悪魔みたいな力はないもん。僕らがいなくなってもナユラを一人にしないための、奴隷が必要でしょ」

「……あなた方は本当に、魔女様が大好きなんですねえ」

フィーは皮肉っぽく笑った。

「お前さあ、そんなこと言いにわざわざ来たの？」

問われ、フィーは珍しく真顔になる。

「……ちょっとばかり聞きたいことがありまして」

「なにさ？」

「ナナ・シェトルはどうなりました？」

この二人が姉妹であることは聞いた。

自分たちはとても仲が悪いのだと、ナナ・シェトルは言っていた。

「首を刎ねたよ」

ジェリー・ビーは蠱惑的な笑みを浮かべて答えた。

一瞬、フィーの眉が険しく寄せられる。

「つまらない冗談ですね」

「うふ、そうだよ、冗談だよ」

「……あれは罰を受けることになりますか？」

「ふうん？　気になるのぉ？」

「確認しておきたいだけですよ」

「あっそ、ナユラも兄様たちも、ナナ・シェトルはよくやったって褒めてたよ。バカみたいだよねえ、ただの蝙蝠なのにねえ」

けらけらとジェリー・ビーは笑う。視界の端で、フィーの表情がほんの少し緩んだ。

「そうですか……じゃあ、もういいです」

　と、彼女は入ってきた窓から出て行こうとする。

「ねえ、お前って報酬はもらったの？　国家転覆の手助けをするんだから、ものすごい大金と引き換えじゃないと依頼なんて受けないんじゃない？　あの男に、そんな金があったのかなあ？」

　するとフィーは背を向けたまま、答えた。

「ナナ・シェトルの命だけは助ける……あたしの望んだ報酬です」

　それを聞き、瞠目し、ジェリー・ビーはにんまりと笑った。

「へえ……そう？」

「それじゃあ失礼します」

「じゃあね、魔術師。お前は馬鹿でブスで気に食わないけど、お前の血は美味しいから……いつでもおいでよ。悪さをしたらまた喰ってあげる」

「二度とごめんなんですよねえ」

　そう言って、フィーは窓から飛び出した。

「みんなでピクニックをしましょう」

王子たちの集まる朝の台所で、ナユラは言った。

「今度は何を企んでるんだい？　ナユラ」

ランディが苦笑する。

「もう嘘はつかないって約束したものね、正直に言うわ。女の子を集めます」

「またぁ？　馬鹿の一つ覚えじゃん」

「今度はね、身分を問わず集めるわ」

「いや、それはさすがに厳しいのでは？　王妃を探すのですから」

ルートが難しい顔になる。

「問題ないわ。私を見なさい！　根暗引きこもり魔女でも王妃になれるんだから、誰だってなれるわよ！」

その勢いに王子たちは何とも言えない顔になる。

「それじゃあみんなで幸せになるわよ！」

呆れる王子たちの前で、ナユラは左腕を宙に突き刺した。

―――本書のプロフィール―――

本書は書き下ろしです。

小学館文庫

王妃になった魔女様は孤独な悪魔に束縛される

著者 宮野美嘉

二〇二四年六月十一日　初版第一刷発行

発行人　庄野　樹
発行所　株式会社　小学館
〒一〇一-八〇〇一
東京都千代田区一ツ橋二-三-一
電話　編集〇三-三二三〇-五六一六
販売〇三-五二八一-三五五五
印刷所 ——— 中央精版印刷株式会社

ISBN978-4-09-407365-2